HENRY Ⅷ

헨리 8세

신정옥 옮김

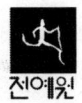

전예원

『셰익스피어전집』을 옮기고 나서

숙명처럼 혹은 원죄(原罪)처럼 나의 삶과 정서를 지배하던 먹구름은 이제 걷히고 맑은 하늘이 열리고 있다. 하지만 나의 마음은 왠지 허전하고 공허하다. 셰익스피어와의 힘겨운 싸움에 쇠잔한 때문일까.

나는 이제 셰익스피어가 그의 전 생애에 걸쳐 이룩한 장막 희곡 37편과 3편의 장편시 그리고 소네트를 우리말로 옮기는 작업에 종지부를 찍었다. 돌이켜보면 셰익스피어 문학에 어렴풋이나마 눈이 뜨이고 귀가 열린 것은 『한여름 밤의 꿈』을 번역하면서 비롯되었는데, 그때 내 마음 속 깊이 자리 잡은 셰익스피어가 나를 운명처럼 괴롭힌 지도 어언 20여 년이나 된다. 지난 오랜 세월 동안의 나의 외로운 번역작업은 문자 그대로 인고(忍苦)의 세월이었다.

"그 진실 때문에 고통의 모습을 사랑한다. "고 토로한 미국의 청교도 여류시인 에밀리 디킨스의 말처럼, 위대한 인간성에의 끝없는 사랑과 아름다움에 따뜻한 시선을 던지는 셰익스피어 문학의 진실 때문에 나는 그를 우리말로 옮기는 고통을 감내해 왔는지도 모른다.

그러면서도 사실 내가 셰익스피어 작품에 매료된 가장 큰 원인은 바로 그의 언어의 천재성 때문이었다. 언어가 빚어낸 비극성과 희극성이 그를 인류 역사에 찬연히 빛나는 불멸(不滅)의 극시인으로 만들었고 신선한 탄력이 나를 사로잡았던 것이다. 어디 그뿐이랴. 시적 아름다움과 향기가 깃들여 있어서 매우 심도(深度)있는 함축성을 지닌 문체에다 음악의 미와 이미지의 미가 유기적으로 융합됨으로써 아름다움이 더욱 빛을 발하고 있는 것이다.

따라서 태반이 이중 영상적(映像的)인 그의 언어는 윤기마저 흐른다. 그의 언어는 싱싱하게 살아 숨쉰다. 영혼의 심연(深淵)으로부터 우러나오는 언어의 광채와 언어의 맥박의 울림 속에서 극적 전개를 이룩해나가는 것이 셰익스피어의 극인 것이다. 그래서 엘리자베드 시대의 영국 국민들은 셰익스피어의 극에서 시각적인 감동보다도 청각적인 짜릿한 감흥에 젖어들기를 좋아했다. 이를테면 눈으로 보는 연극보다도 귀로 듣는 연극을 좋아했고 탐닉했던 것이다.

셰익스피어의 신성(神性)에 가까운 언어의 천재성은 그의 작품을 번역하는 사람들에게 적지 않은 어려움을 안겨왔다. 나 역시 그러한 곤혹스러움에 빠져 후회가 되기도 했다. 그리하여 한 작품의 번역이 끝나고 그 다음 작품에 손을 댈 때마다 "잘못 씌어진 책은 실수이나 좋은 책의 오역은 죄악이다."라는 명구가 나를 긴장시키곤 했다. 그러한 심신의 동요 속에서도 이렇게 전집을 펴낼 수 있었던 것은 순전히 주변의 가까운 선배 동료의 격려 덕분이라고 생각한다.

여하튼 셰익스피어 원작을 번역함에 있어 나는 무

분별한 직역과 지나친 의역을 피해서 될 수 있는 대로 원전에 충실하기로 방침을 세웠다. 원전과 번역의 거리를 최대한 축소시켜, 원전의 의미와 향취를 살리면서도 오늘의 감각과 취향에 맞도록 하기 위해서 애를 썼다.

따라서 "번역은 충실하면 충실할수록 더 아름답고 아름다우면 아름다울수록 덜 충실하다. "라는 폴 발레리의 고백을 교훈 삼아 나의 번역도 그렇게 지향하려고 노력했다.

두말할 나위 없이 셰익스피어 작품의 훌륭한 번역가는 세 개의 얼굴을 가진 그리스의 알테미스 여신보다도 한 개가 더 많은 얼굴을 가져야 된다고 한다. 즉, 네 개의 얼굴〔四面性〕이란 비평가적 얼굴, 언어학자적 얼굴, 연출가적 얼굴, 시인적 얼굴, 다시 말해서 비판의식과 어휘의 풍부함과 무대지식과 그리고 시인적 감각을 가리킨다. 이러한 사면성이 탄탄하게 갖춰졌을 때 비로소 극시인의 본래의 사상과 이미지 그리고 영상을 충실하게 드러낼 수 있다고 하겠다.

나는 과거에 출간된 셰익스피어의 번역물들의 공통적 특성이라 할 산문 투의 대사를 지양하고 될 수 있는 대로 무대 언어로 옮기려고 노력했지만 뜻대로 되지 않아서 아쉬움이 없지 않다. 그러나 셰익스피어 작품 완역(完譯)이 한국 출판문화, 더 나아가 정신문화를 윤택하게 하는 데 한 알의 밀알이 되었으면 하는 바램을 갖고 있다. 앞으로 좋은 번역이 나오는 데 있

어 나의 역서가 한 징검다리가 될 수만 있다면 기쁘겠
다.

　　끝으로 셰익스피어 전집이 우리말로 옮겨져 나오기
까지 거친 원고를 정리하고 교정하여 책으로 만드는
데 많은 수고를 아끼지 않으신 도서출판 전예원 편집
부원들과 따뜻한 정의(情宜)와 격려를 주신 분들에게
감사한다. 특히 건전한 번역문화를 선도하는 전예원
金鎭洪 박사의 각별한 배려와 후원에 크게 힘입었음을
밝히면서 동시에 따뜻한 감사를 드린다.

1989년 여름
신정옥

헨리 8세

〈등장인물〉

왕 헨리 8세
추기경 월지
추기경 캠피어스
캐푸서스   독일 황제 찰스 5세가 보낸 대사
크랜머   캔터베리의 대주교
토마스 하워드   노포크의 공작
에드워드 스태포드   버킹검의 공작
찰스 브랜든   서포크의 공작
토마스 하워드   서리의 백작
의전장관
대법관
스테펜 가아디너   왕의 비서관, 후에 윈체스터의 주교
존 롱란드   린컨의 주교
조지 네빌   애버가베니 경 (버킹검 공작의 사위)
기사 윌리엄 샌즈   샌즈 남작
기사 헨리 길드포드
기사 토마스 러벨
기사 앤소니 데니
기사 니콜라스 복스
월지의 비서관들
토마스 크롬웰   월지의 가신
그리피스   캐더린 왕비의 시종

신사 3명

벗츠 박사   헨리 8세의 전의

가아터   작위 국장

감독관   버킹검 공작의 사용인

브랜든

추밀원 수위

런던 시장과 런던의 시 참사회 의원

회의실의 문지기

문지기 및 그의 수하

가아디너의 시동

법정의 인명호출관

왕비 캐더린   헨리 왕의 비, 후에 이혼

앤 불린   왕비의 시녀, 후에 왕비

노부인   앤 불린의 친구

페이션스   캐더린 왕비의 시녀

서기들, 주교들, 무언극에 나오는 주교들, 귀족들과 귀부인들 몇 명, 캐더린 왕비의 시녀들, 관리들, 호위병들 기타 시종들, 캐더린 왕비의 환상 속에 나타나는 요정들

〈장소〉

런던. 웨스트민스터. 킴블턴

개막사

서사역 등장

서사역 우리가 여기에 나온 것은 여러분을 웃기려고 나온 것이 아닙니다. 무게 있고 진지한 작품을 보여드리며 위엄과 비애가 가득 차 있는 슬프며 고상한 연극을 선보이려고 나왔습니다. 이곳에 와 계신 여러분들은 지극히 귀중한 장면을 보시고 곧 눈물을 자아내게 되실 겁니다. 인정이 많으신 분들은 이 연극이 마음에 드시면 울어 주십시오. 그만한 값어치가 있는 줄거리입니다. 진실을 믿고 느끼시고자 돈을 내고 입장하신 분들께선 실망하지 않으실 겁니다. 그럴 듯한 큰 장관을 한 두 가지만 보면 족하다는 생각으로 오신 분들도 꾹 참고 보아주시면 짧은 두 시간 동안에 관람료를 내신만큼 만족을 느끼게 해 드릴 생각입니다. 그러나 즐겁고 음탕하고 또 시끄럽게 호들갑을 떠는, 또는 노란 장식에 얼룩덜룩한 색깔의 롱코트를 입은 어릿광대가 너스레를 떠는 것을 들으러 오신 분들은 실망을 하실 겁니다. 왜냐하면 그것은 바로 진실한 것만을 내세워온 우리가 그런 어릿광대의 야비한 웃음거리나 칼싸움 같은 것을 공연하는 꼴이 되고, 우리의 올바른 생각이 없어진 것이 되며 진실만을 포방해온 우리의 신용을 잃게 될 뿐 아니라 우리를 이해하고 도

와주시는 관객 여러분을 잃어버리게 되는 것이 되니까요. 그러하오니 이 도시에서 가장 수준 높은 청중이신 여러분들께선 우리가 힘껏 노력할 것이니 진지하게 이 극을 관람하여 주십시오. 이 고상한 역사물 얘기에 나오는 인물들은 모두 지금도 살아 있다고 상상해 주십시오. 그 인물들이 권좌에 있고 뭇 군중의 환호 속에 있고 수천 명의 부하들이 충성심을 바치고 있다고 상상해주실까요. 그런데 한 순간에 그 영화가 비참하게 전락해버리는 것을 보시게 될 것입니다. 만약에 그것을 보시고 즐거워하시는 사람은 바로 결혼식 날에 눈물을 흘리실 겁니다.

제 1 막

●

저희가 최선을 다해서 한 일이 어리석은
병적인 비판자들에 의해서 그 공적이 우리의 공적이
되지도 않고, 용인되지도 않기 일쑤입니다. 그런가 하면
가장 열등한 행위가 때로는 우둔한 사람들 마음에 딱 들어
맞아 최선의 행위라고 칭찬 받기도 합니다. 그자들의 조소나
비난이 무서워서 꼼짝 않고서 있으면 그곳에 뿌리가 내려,
저희는 능력 없는 정치인의 조상(彫像)이나 다름없이
될 것입니다. -2장 월지의 대사 중에서

제1장 런던. 왕궁의 한 방

한 쪽 문으로 노포크 공작이, 다른 쪽 문으로 버킹검 공작과 그의 사위 애버가베니 경 등장.

버킹검 안녕하십니까, 잘 만났군요. 프랑스에서 뵌 다음 못 뵈었는데 그 동안 편안하셨습니까?

노포크 고맙습니다, 버킹검 경, 염려해 주신 덕택으로 잘 지내고 있습니다. 그곳에서 구경한 걸 새삼 감동하고 있답니다.

버킹검 공교롭게도 그때 나는 학질에 걸려 방에 갇혀 있었기 때문에 인간의 영광인 그 찬란한 두 태양이 안드렌 계곡에서 회견하시는 것을 그만 못보고 말았습니다.

노포크 그것이 바로 귀느와 아르드 사이에 있는 곳인데, 그때 마침 난 현장에 있게 돼서 두 왕들께서 말을 타시고 인사를 나누시는 것도 보게 되었는데, 두 분이 말에서 내려 마치 일심동체인 양 끌어 안으셨는데 그분들이 정말 하나로 합치신다면 4개국의 왕이 함께 하신다 해도 두 분의 무게를 감히 당하지 못할 겁니다.

버킹검 그 사이 난 방 안에 쭉 갇혀 있어야 했군요.

노포크 그러니 유감스럽게도 이 땅 위의 큰 장관을 못보신 셈이 됐습니다. 이렇게도 말할 수가 있어요, 여

태껏 독신으로 있던 두 가지 영화로움이 비로소 짝을
맞아 종전보다 배가 된 영화를 이룬 격이라고 말입니
다. 그 장관스러움은 날을 거듭할 수록 더해 갔으며,
마지막 날은 지난날의 모든 것을 합친 장관이었습니다.
오늘은 프랑스 측이 이교(異敎)의 신들처럼 온통 금색
으로 단장을 하여 눈부시게 번쩍거려 잉글랜드 측을
눌러버리는가 하면, 그 다음날은 잉글랜드 측에서 대
브리튼국을 황금의 나라 인도로 만들어 사람들이 모두
금덩이처럼 뵈게 했습니다. 예쁜 시동들은 모두 아기
천사들처럼 금빛 찬란하게 차렸고, 귀부인들도 또한
힘든 일에 익숙지 않아 금으로 만든 의상을 입고 거들
먹거리니 힘에 겨워 진땀을 빼느라고 볼에 연지를 칠
한 듯 불그스레하였죠. 오늘밤의 가면무도회가 비길
데 없이 화려했다고 해도 그 다음날 밤의 것을 보면
그것이 빈약하고 초라하게 생각되었어요. 똑같이 빛이
나는 두 국왕이시니 그 분들이 자태를 나타내시면 어
느 분이 우월하다, 하지 않다 할 수도 없고 즉 자기의
눈으로 직접 보는 분이 언제나 훌륭하다고 찬양하는
겁니다. 그러나 두 분이 나란히 함께 계시면 마치 한
분을 보는 것 같아서 아무리 예리하게 식별하는 사람
이라 해도 그 우열을 가려 낼 수가 없었답니다. 그래
이 두 태양은 사람들이 그렇게 불렀습니다만 의전장관
에게 분부하여 기사들로 하여금 무술시합을 시켰습니
다요. 그런데 그 시합이 또한 상상도 못할 만큼 굉장
했습니다. 옛날 무용담을 실제로 눈앞에 보는 듯하여,

영웅 베비스에 관한 옛 애기를 실제로 믿어지게 했다 니까요.

버킹검 좀 과장하시는 것 같군요.

노포크 원 그럴 리가 있겠습니까, 귀족이라는 체통 을 생각해서라도 난 정직을 소중히 여긴 답니다. 제 아무리 웅변가라 하더라도 그 실황을 입으로 옮기는데 어찌 그 내용과 과정을 다 표현할 수 있겠습니까, 어 림도 없습니다. 사실이지 모든 것이 장엄했고, 예정에 어긋난 일이 하나도 없었으며, 질서가 정연하게 진행 됐고, 모든 진행자가 다 자기들의 직책을 충분히 발휘 했답니다.

버킹검 누가 총지휘를 하였습니까? 그 대규모의 굉 장한 여흥을 사지오체(四肢五體)가 어긋남이 없이 꼭 맞게 처리한 건 누구라고 생각하시나요?

노포크 그야 그런 일을 해내리라고 생각조차 하지 않았던 사람이랍니다.

버킹검 그 사람이 누굽니까?

노포크 요오크의 추기경께서 모든 일을 재량껏 지 휘하였답니다.

버킹검 악마에게 잡아먹힐 자 같으니라구! 고 야심 만만한 자가 약방문에 감초처럼 안 끼는 곳이 없단 말 야. 그자가 이 엄청난 행사에 무슨 관계가 있다고 설 치는 거야. 그의 비곗덩어리가 설치면 위대하신 태양 의 왕 헨리 8세의 은혜로운 빛도 막혀서 지상의 온 백 성에게 빛을 주지 못하게 될지도 모르지.

노포크 분명히 그 사람은 그런 일을 할만한 꼬투리가 풍부해요. 왜냐하면 그 사람은 자손을 위하여 출세의 길을 닦아주는 조상의 덕을 본 것도 없고, 왕실에 큰 공적을 세운 것도 없고, 고관대작의 후원자가 있는 것도 아니고, 다만 거미가 자기 몸에서 빼내는 실로 거미줄을 치듯 자기 자신의 힘만으로 출세를 했다고 자처하고 있답니다. 그리고 하늘이 주신 재능으로 국왕의 다음 가는 지위를 얻었다는 것이죠.

애버가베니 하늘이 그에게 어떤 것을 주었는지 알 수 없습니다. 보다 훌륭한 분의 안목이 그 재능을 간파한 것이겠지요. 그러나 제가 보기에는 오만함이 그 사람의 온 몸에 배여 있습니다. 그 사람은 그 오만함을 어디서 얻었겠습니까? 지옥에서 받았거나 아니면 악마가 인색하게 주었거나 또는 줄 것이 떨어지다 보니 그자가 스스로 새 지옥이 된 것일 겝니다.

버킹검 그 악마가 이번 프랑스로 떠날 때 왜 폐하께 미리 알리지도 않고 제멋대로 수행원을 정했을까. 명사들의 명부도 제멋대로 만들었지 않은가? 그 사람들에게 명예는 쥐꼬리만큼 주고 태산같이 부담시키려는 속셈이었겠지. 그리고 그자는 추밀원을 제쳐놓고, 자기의 서장 하나로 모두를 동원했단 말이다.

애버가베니 저의 친척 가운데서 적어도 세 사람은 그 때문에 재산이 멍이 들었고, 전처럼 풍족하게 살 수는 없게 됐답니다.

버킹검 아, 그 대단한 여행 소동으로 영지를 팔아

바쳤으니 파산한 사람이 어디 한 두 명인가? 부지기수지. 이렇게 주책없이 행한 회담은 보잘 것 없는 결과만을 가져 왔을 뿐이 아닌가?

노포크 통탄할 일이지만 프랑스와 우리 나라의 평화조약은 그것을 맺기 위해 소비한 비용에 비하면 정말 아무 것도 아닙니다.

버킹검 평화조약을 맺은 다음 마치 무서운 폭풍우가 휘몰아쳤을 때 사람들이 어떤 영감을 느낀 것처럼 모두 말이라도 맞춰 놓은 듯이 이구동성으로 예언을 해 대는데 이 폭풍우는 돌연 평화라는 옷을 갈기갈기 찢어버리고 말 거다.

노포크 그 예언이 맞았지 뭡니까. 프랑스가 맹약을 깨버리고 보르도에서 우리 나라의 상품을 차압했습니다.

애버가베니 그 때문에 프랑스 공사가 말을 못하게 됐군요.

노포크 그랬지.

애버가베니 결국 평화라는 허울 좋은 명칭만을 굉장히 비싼 값으로 산 셈이 됐습니다!

버킹검 이 모든 것이 다 저 추기경이 저지른 것이지.

노포크 이렇게 말씀드리는 것이 어떨지 모르겠습니다만 당신과 추기경 두 분의 반목을 폐하께서도 눈치채고 계십니다. 그러니 진심으로 충고하는 것인데— 당신의 명예와 안정을 위해서— 추기경이 악의를 품고 있을 뿐 아니라 권력도 지니고 있다는 걸 아셔야 합니다. 그 사람은 일단 증오심을 갖게 되면 그 증오를 곧 행동으로 옮길 만한 힘이 있다는 걸 아셔야 합니다. 그의 성품을 잘 아시겠지만, 복수심이 강한 사람입니다. 그의 칼날은 예리하고 칼이 길어서 멀리까지 칼끝이 미친답니다. 만약 칼끝이 멀리 뻗어서도 닿지 않을 경우엔 칼을 던져서라도 적을 해치고 만답니다. 나의 이 충고를 가슴에 새겨 두십시오. 언젠가는 도움이 되실 겁니다. 오, 저기 피하시라고 충언 드린 그 암초가 오는군요.

추기경 월지가 옥새가 든 자루를 든 그의 시종을 앞세우고 몇 사람의 호위병과 서류를 든 두 사람의 비서관을 대동하고 등장. 추기경이 지나가다가 버킹검을 쏘아본다. 버킹검도 그를 찔러본다. 두 사람이 다 멸시하는 증오의 눈초리다.

월지 여봐라, 버킹검 공작의 감독관은 어디 있나? 그 사람의 조서는 어디 있는고?

비서관 예, 여기 있습니다.

월지 본인이 출두하게 되어 있느냐?

비서관 네, 그렇습니다.

월지 음, 그럼 좀더 자세히 알게 되겠군. 그렇게 되면 버킹검의 높은 콧대가 납작하게 될 거다. (월지와 추기경과 그의 일행들 퇴장)

버킹검 저 백정의 똥개가 독설을 퍼붓는데, 난 저놈의 아귀창을 꿰매줄 권력이 없구나. 그러니 당분간은 잠자는 개는 깨우지 않는 것이 득이다. 아 거렁뱅이가 공부하고 거들먹거리니 귀족의 혈통이 깨지는구나.

노포크　역정이 나셨군요? 인내심을 주십사 하고 하느님께 기도하세요. 그것만이 당신의 병고를 치료하는 유일한 길입니다.

버킹검　나에 대한 그의 악의가 그 얼굴에서 잘 읽을 수가 있었습니다. 날 보는 그 자의 눈이 멸시하는 눈초리로 쏘아보더군요. 지금 날 모함하려고 폐하께로 가고 있으니 따라가서 그 자를 찔러 죽이고 말아야지.

노포크　왜 이러세요, 기다리세요. 당신의 이성이 당신의 역정을 토의하게 하면 어떻게 하실 셈입니까? 험한 산에 오르려면 처음엔 천천히 걸어가야 합니다. 격분하심은 흥분하여 날뛰는 말과 같아요. 제멋대로 뛰게 놔두면 끝내는 제풀에 지쳐버리고 맙니다. 잉글랜드를 통틀어서 당신처럼 내게 고마운 충고를 해 줄 사람은 또 없어요. 나에게 대해 주시듯 그 충고를 당신 자신한테도 좋은 충고를 하십시오.

버킹검　난 어전으로 가야겠습니다. 그래서 명예를 존중하는 귀족의 입으로 입스위치 출신의 상놈의 오만에 대해 호통을 쳐서 그 발칙한 버르장머리를 고쳐 주렵니다. 인간의 귀천도 없느냐고 면박을 줘야겠어요.

노포크　좀 더 깊이 생각해 보세요. 적을 친다고 난롯불을 지나치게 지피면 자신도 화상을 입기 쉽습니다. 천방지축으로 마구 달리다보면 목표를 지나치게 되고 결국 지나친 만큼은 손해를 보게 되는 거예요. 불이 너무 세면 물이 펄펄 끓다가 넘치게 됩니다. 양이 늘어나는 것 같지만 실상은 줄어드는 겁니다. 그러니 잘 생각해 보세요. 재삼 말씀드립니다만 이 잉글랜드에서 당신을 굳건히 이끌어 갈 사람은 당신 이외에는 아무도 없답니다. 부디 이성으로 분노의 불길을 끄십시오, 아니 진압이라도 하셔야 합니다.

버킹검 고맙습니다. 말씀해 주신대로 충언에 따르겠습니다. 그러나 이 오만하기 짝이 없는 자는— 이건 원한으로 말하는 게 아니라, 진정한 감정에서 하는 말입니다만— 정보도 있고 증거도 있으려니와 칠월 달 샘물에서 조약돌 하나 하나를 셀 수 있는 것처럼 그 자가 썩어빠진 모반자라는 건 분명합니다.

노포크 모반자라는 말씀은 입에 안 담으시는 게 좋아요.

버킹검 아니, 어전에서도 그렇게 직토하겠습니다. 나의 증언은 반석같이 튼튼합니다. 들어보세요, 성직자의 탈을 쓴 그 여우는 어쩌면 늑대인지도 모릅니다만, 아니 양쪽을 다 겸했을 겁니다— 그잔 욕심이 많은데다 간악해서 언제든지 패악을 입힐 궁리를 하고, 거기에다 그렇게 실행할 수 있는 힘을 가지고 있는 사람이에요. 그 자의 악랄한 심보와 권한이 있는 지위가 서로 번갈아 가며 해독을 끼치지 뭡니까— 그 자는 자기의 위세를 국내에서처럼 프랑스에서도 떨쳐 보려고 폐하를 충동하여 지난번에 막대한 비용을 들여 조약을 성립시켰던 것입니다. 그러나 그렇게 많은 재화를 집어삼킨 그 회담이 손을 대자마자 바로 유리잔처럼 산산조각이 나고 말았지 뭡니까.

노포크 사실 그랬어요.

버킹검 좀더 내 말을 들어보세요. 그 간교한 추기경은 조약의 조문을 제 멋대로 만들어 놓고 그 자가 "이건 이런 것이오" 라고 한 마디 하자 비준이 된 것이죠. 그러나 송장한테 지팡이 주는 격이지 아무런 소용도 없는 것입니다. 그래도 이것이 추기경 백작나리가 한 것이니 그러니까 괜찮지, 왜냐하면 틀린 일이란 결코 하지 않는다는 월지 추기경이 한 일이니까. 그런데 그 후 오는 것은— 강아지가 어미개를 따르듯이 모반이 생기는 거죠— 독일의 찰스 황제가 외숙모 되시는 잉글랜드 왕비를 만나려는 명목으로— 그러나 그것은 구실에 불과하고 사실은 월지와 밀담을 하려고— 우리 나라를 방문했던 겁니다. 왜냐하면 잉글랜드와 프랑스가 회담하여 화합을 하게 되면 자기 나라에 어떤 불리한 일이 생기게 될까 두려워했던 거죠. 사실 그 조약에는 나라를 위협하는 것이 엿보였기 때문이오. 그래서 추기경과 비밀회담을 갖게 됐던 겁니다. 내가 믿는 바로는— 절대로 확신합니다만 황제는 밀담하기 전에 이미 뇌물을 뿌려 요구가 있으면 순순히 그 요구를 받아들이게끔— 말하자면 황금의 큰길을 만들어 놓고 폐하의 방침을 변경시켜 평화조약을 깨뜨려 달라고 간청을 했던 것입니다. 난 폐하께 아뢸 작정이죠. 추기경이 자기 개인의 이익을 위해서 제멋대로 왕의 명예를 매매하고 있다는 사실을 말입니다.

　　노포크　그 사람이 그런 짓을 했다고 들으니 참으로 유감스런 일이외다. 그것이 어떤 오해에서 온 것이라면 좋으련만.

　　버킹검　아닙니다, 내 말에는 한 마디 한 마디 틀림이 없습니다. 언젠가는 내가 말한 그대로의 사나이라는 것이 곧 그 자의 정체가 밝혀질 때 실증이 될 것입니다.

　　브랜든, 추밀원 수위 한 사람을 앞세우고 2, 3인의 호위병을 거느리고 등장.

　　브랜든　수위, 직무대로 집행하라.

　　수위　버킹검 공작 겸 헤리포드, 스타포드 및 노담프턴 백작이신 각하를, 지엄하신 대권을 가지신 국왕 폐하의 이름을 걸고 크나큰 반역죄인으로 체포합니다.

　　버킹검　보세요, 노포크 공작, 내 이미 그 그물에 걸렸지 뭡니까! 난 모략을 받아 목숨을 잃게 됩니다.

　　브랜든　이 자리에서 공작의 자유가 없어지는 것을 직접 목격하게 되어 심히 마음 편치 않습니다. 하나 어명이오니 런던 탑으로 가서야 하겠습니다.

　　버킹검　나의 무고함을 변명해 봤자 소용없는 일. 나의 순백한 부분을 죽음의 죄명으로 물들이니 일이 어찌 됐든 간에 오직 하늘의 뜻에 따를 수밖에. 어명에 따르리다. 오 애버가베니, 잘 있게.

브랜든　아니 저분도 동행하셔야 합니다. (애버가베
니에게) 경도 탑으로 압송하라는 어명이옵니다. 어떤
판결이 있을 건지는 후일의 일입니다만.

　애버가베니　장인어른께서 말씀하신 대로 하늘의 뜻
에 따르기로 했습니다. 어명에 복종하겠습니다!

　브랜든　여기 몬타큐트 경을 체포하라는 폐하의 영
장이 있습니다. 그리고 공작의 고해신부 존 드 라 카
아와 공작의 비서관 길버트 펙도—

　버킹검　그렇지, 그렇겠군. 그 사람들이 역모의 수족
이란 말이겠지. 그 뿐이겠지?

　브랜든　그리고 샤트류 종파의 수도사 한 사람도.

　버킹검　아니 니콜라스 홉킨스 말인가?

　브랜든　그렇습니다.

　버킹검　나의 감사관이 배신을 했구나. 그 오만한 추
기경이 그 자에게 돈을 보여 주었군. 이제 나의 목숨
은 그야말로 풍전등촉(風前燈燭) 격이다. 지금의 나는
가련한 버킹검의 그림자에 지나지 않는다. 내 본체는
먹구름에 덮여 있고 다시는 햇빛을 볼 수가 없다. 노
포크 공, 내내 안녕히 계세요. (모두 퇴장)

제2장   런던. 왕궁의 회의실

코오넷 취주. 왕 헨리 8세가 월지 추기경의 어깨에 기대어 등장. 귀족들과 기사 토마스 러벨 등장. 추기경은 왕의 발 밑 오른쪽에 앉아 있다.

왕   이번 당신의 크나큰 심로(心勞)에 대해서 나는 내 생명의 은인으로서 진심으로 치하하는 바요. 내가 이번에 크게 기획한 역모의 표적이 된 것은 사실이오. 경이 그 역모를 미연에 막아 주었으니 매우 가상히 여기는 바요. 버킹검 집안 가신이라는 그 자를 이리 불러내라. 내가 직접 그의 고백을 듣고 시비를 가리고자 한다. 자기 주인의 역모 사정을 꼬치꼬치 다시 한번 실토하도록 하는 거다.

안에서 떠드는 소리. "왕비전하께서 납시오!" 하고 외치는 소리. 캐더린 왕비가 노포크 공작과 서포크 공작의 안내를 받으며 등장하여 왕 앞에 무릎을 꿇는다. 왕은 옥좌에서 일어나 왕비를 일으켜 키스하고 자기 옆에 앉히려 한다.

왕비   아닙니다, 더 오래 무릎을 꿇고 있어야 합니다. 소첩, 청원을 하려고 합니다.
왕   일어나서 과인 옆에 앉으시오. 그 청원의 절반은 말할 것도 없지 않소, 과인의 권력의 절반은 당신의 것이니 말이오. 다른 쪽 절반도 요구하지 않아도 승인되는 것이니 소원을 말하고 그것을 취하시오.

왕비 감사합니다, 폐하. 황공하오나 소첩의 청원은 폐하께서 자신을 소중히 하시며, 소중히 하시는 그 심기에 폐하의 명예와 국왕으로서의 위엄을 잃지 않도록 하시라는 것이 소첩의 청원의 요점이옵니다.

왕 왕비, 계속하시오.

왕비 소첩은 한두 사람도 아닌, 충직한 많은 사람들에게서 폐하의 백성들이 혹심한 고통을 겪고 있다고 들었습니다. 이번에 내리신 엄한 포고 때문에 그들의 충성심에 금이 가고 있다는 겁니다. 이 일은 추기경, 사람들은 귀하야말로 가혹한 세금을 매겼다고 하여 비난을 퍼뜨리고 있지만 우리의 군주이신 폐하까지도— 하늘이여, 폐하의 명예를 보호해 주소서!— 폐하께서도 백성들의 비방을 면하실 수 없답니다. 그뿐이 아니라, 충성심도 허물어져 공연히 반역하려는 조짐이 엿보인다고 합니다.

노포크 조짐이 엿보일 정도가 아니라, 벌써 나타나고 있습니다. 왜 그런고 하면 이번 조세로 말미암아 피복상 따위는 모두 그들에게 달려 있는 많은 직공들을 먹여 살릴 수 없게 되어, 물레질하는 여직공들, 털 고르기 직공들, 표백공들, 천짜기 직공들을 모두 해고했습니다. 이 사람들은 다른 직장에는 적당치 않아 굶주림과 가난에 시달린 나머지 자포자기하여 될 대로 되라는 식으로 폭동을 일으켜 위험을 가하고 있습니다.

왕 조세라니! 어디에? 무엇에다 과세했단 말인가?

추기경, 경도 과인처럼 비난을 받고 있다는데, 이 과세에 대해서 알고 있는지?

월지 황공하오나 신은 국정에 관해선 앞에서 일을 보고는 있습니다만 극히 일부분만 알고 있으며 다른 사람들과 보조 맞춰 일하고 있을 따름입니다.

왕비 아니 추기경이? 경이 딴 사람들 이상으로 알 수 없다구요? 그러나 다들 알고 있는 그 일을 꾸며낸 사람이 바로 경이에요. 알려고 싶어하지도 않은 사람들에까지 불쾌감을 주면서 강제로 알게 한 것도 경이 아닌가요. 폐하께서 아시고 싶어하시는 그 가혹한 세금은 듣기에도 끔찍한 과세예요. 그런 무거운 짐을 지다 보면 등뼈가 부러질 겁니다. 소문엔 그것을 경이 입안(立案)했다고 하는데, 그렇지 않다면 경은 가당치 않은 원성을 듣고 있는 거요.

왕 또 강제 징수금이란 말인가! 도대체 어떤 성질의, 어떤 류의 강제 징수금이요? 나도 알아야겠소.

왕비 진노하실까 염려가 되옵니다만 아뢰라고 말씀하시니 너그러이 헤아려 주시리라 믿고 아룁니다. 백성들의 불평의 원인은 각자 전 재산의 육분의 일을 강압적으로 즉각 징수하라는 포고입니다. 그 명목은 프랑스와의 전쟁 비용 때문이라 합니다. 이것 때문에 백성들은 무엄한 잡소리를 토설한다. 신하의 본분을 파기한다. 냉혹한 마음이 되어서 충성심을 얼어붙게 했답니다. 이 나라 만세의 축원은 이제 저주의 소리를 뇌까리고 순종하던 사람들이 격분하는 분노의 노예가 됐습니다. 이보다 더 긴급한 일은 없사오니 폐하의 신속하신 조치가 있으시기 바랍니다.

왕 진정, 과인의 뜻에 어긋나는 일이다.

월지 신으로서는 이 일에 관해 학식이 풍부한 심의원 여러분의 찬성을 얻는 것 이상으로 한 표를 던졌을 뿐입니다. 무지몽매한 자들이 신의 자격이나 인격도 알지 못하면서, 신이 한 일을 헐뜯는다 해도 그것은 신의 관직의 숙명이라 여기며 미덕이 당해야 할 가시덤불이라 사료됩니다. 악의에 찬 비난을 두려워해서 꼭 실행해야 될 일을 그만둘 수는 없습니다. 그 비방자들은 탐욕스런 상어처럼 새로 단장한 배의 꽁무니를 좇습니다만 그저 집어삼키려고 허황된 짓은 하되 얻는 것 하나도 없습니다. 저희가 최선을 다해서 한 일이 어리석은 병적인 비판자들에 의해서 그 공적이 우리의 공적이 되지도 않고, 용인되지도 않기 일쑤입니다. 그런가 하면 가장 열등한 행위가 때로는 우둔한 사람들 마음에 딱 들어맞아 최선의 행위라고 칭찬 받기도 합니다. 그 자들의 조소나 비난이 무서워서 꼼짝 않고서 있으면 그곳에 뿌리가 내려, 저희는 능력 없는 정치인의 조상(彫像)이나 다름없이 될 것입니다.

왕 올바르게 그리고 신중하게 처리한 일에는 위험이 따르지 않는 법. 전례가 없이 이루어진 일인즉 그 결과가 심히 걱정이오. 이번 조세령(租稅令)은 선례가 있었는지? 내가 알기론, 전혀 없는 일이오. 국민을 국법에서 분리시켜 억지로 우리의 뜻에 따르게 해서는 아니 되오. 자기 재산의 육분의 일이라니? 듣기만 해도 등에 식은땀이 흐를만한 출자액이요! 아니 그렇소, 나무 한 그루에서 가지를 자르고, 껍질도 벗기고 기둥감을 베고 나면 비록 뿌리는 남아 있더라도 틀림없이 말라죽을 것이오. 이것이 문제가 되어있는 모든 고을에 친서를 보내어 이 과세에 저항한 백성들을 사면토록 하오. 경이 책임을 지고 처리하오.

월지 (비서관에게) 내 말 좀 들으라. 폐하의 인자하심과 사면에 대하여 문서를 작성하여 각 주에 보내도록 하라. 불평하는 자들이 날 원망하고 있는 모양인데 이것이 취소되고 사면이 내린 것은 내 주선으로 이뤄졌다고 소문을 파다하게 퍼트려 놓게. 다음 일은 곧 지시할 테니. (비서관 퇴장)

감독관 등장.

왕비 버킹검 공이 폐하를 언짢게 한 것을 유감으로 생각하나이다.

왕 많은 사람들이 애석해 하지. 공작은 박식하며 세상에서도 드문 변사요. 재능 또한 공작을 따를 사람이 없을 거고, 그는 그것을 닦고 닦아 훌륭한 교사들도 능히 훈육시킬 만한 수련을 쌓아서 남에게 조력을 청해 본 적이 없는 사람이오. 그러나 보시오, 그런 좋은 천복도 길을 잘못 들고 마음이 타락의 길을 걸으면 그 좋은 면들이 흉악한 것이 되어버리고 아름답게 보이던 것이 열 갑절이나 추악하게 보이지. 공은 그처럼 완전 무결하고 이 세상에서 경이로운 존재요. 그러나 그 사람이 한 번 입을 열면 아무리 긴 한 시간의 연설도 일 분으로 생각되게끔 청중을 매혹시키던 바로 그 사람이 말이오. 왕비, 그 빛나던 미덕을 지닌 그가 이 지옥에서 더럽혀진 듯 시커먼 고약한 몰골이 되고 말았어요. 자, 여기 앉아서 잘 들어보세요— 저 사람은 공작의 심복이오— 통곡할 일이긴 하나, 그 자의 명예를 짓밟는 이야기를 저 사람이 실토할 것인즉 귀담아 들어보오. (월지에게) 역적 모의를 한 번 더 자백시키도록 해보오. 역모란 당해보고 싶은 것은 아니나, 듣는 것이야 몇 번 들어도 상관이 없지.

월지 (감독관에게) 앞으로 나와서 네가 폐하의 충절한 신하로서 버킹검 공작에 관하여 염탐한 것을 숨김없이 아뢰라.

왕 주저치 말고 말하라.

감독관 첫째, 그분이 흔히 하시는 일이온대— 매일 되뇌는 말씀이나이다— 만약에 폐하께서 후계자 없이 서거하신다면 공작이 왕위를 차지하시겠다고 하셨습니다. 이 말을 그분의 사위 되는 애버가베니 경에게 하는 것을 신이 들었습니다. 그리고 추기경에게 반드시 복수를 하겠다고 맹세하는 것도 말입니다.

월지 폐하, 이것이 바로 그 자의 위태롭기 짝이 없는 역심이니 통촉하시기 바라나이다. 그잔 폐하께 앙심을 품을 뿐 아니라 폐하의 가까운 충신들에게까지

뻗치려고 하나이다.

왕비 추기경, 너무 심한 말씀은 삼가세요.

왕 자 다음 말을 계속하거라. 과인에 후계자가 없다면 그가 어떻게 보위에 오른다는 건가? 그에 대해 그 사람한테 들은 바가 있느냐?

감독관 그런 생각을 품게 된 건 헨튼의 니콜라스 홉킨스란 자의 시시한 예언 때문입니다.

왕 그 홉킨스란 잔 누군고?

감독관 네, 샤트류 종파의 수도사입니다. 공작의 고해신부로 공작이 장차 왕이 되리라는 말을 귀에 혹이 나도록 불어넣어 주곤 했나이다.

왕 어떻게 그것을 알았는가?

감독관 폐하께서 프랑스로 떠나시기 조금 전에 공작께선 성 로렌스 포올트니 교구 내에 있는 로오즈관에 머물고 있었습니다. 그런데 소신에게 이번 프랑스 여행에 관해서 런던 시민들이 어떻게 말하더냐고 물었습니다. 그래서 소신이 모두들 프랑스는 배신할 것이며 폐하의 신변이 위험스러울까 걱정하더라고 답변했습니다. 그랬더니 공작께선 즉석에서 누구나 다 걱정하는 바라고 하며 어떤 수도사는 소신이 말한 대로 될 것 같다고 부언하면서 그 수도사는 "여러 번" 사자를 보내 중대한 일이 있으니 적절한 시간을 택하여 신부 존 드 라 카아를 만나게 해달라"고 청해 왔기에 그 신부를 보냈더니 이제부터 하는 얘기는 자기 이외에는 어떤 자에게도 발설하지 않겠다고 엄격하게 시킨 후

침착하게 극비사항을 털어놓더라며 한 마디 한 마디 이렇게 말했다지 뭡니까. 돌아가서 공작께 이렇게 전하시오. "왕도 그 자손도 결코 번영하지 못할 것이오. 그러니 백성들의 민심을 얻도록 노력하면 공작께서 반드시 잉글랜드를 통치하게 되실 것이오"라고 .

왕비 내가 소상히 들은 바로는 넌 공작의 감사를 지내다가 소작인들의 불평을 받아 그 직을 해고당한 자렷다. 주의해야 한다, 사사로운 원한으로 고결한 분을 해치고 자기의 고결한 넋을 더럽히지 않도록 해야 한다. 진심으로 당부하노니 주의하시오.

왕 거리낌없이 말하라. 계속 이야기하라.

감독관 소신은 영혼에 걸고 사실만을 아뢰고 있습니다. 그때 소신은 공작님께 말씀드리기를 그 수도사는 악마의 환영에 빠졌는가 싶으며 그런 일을 자꾸 되새기다가는 결국 역심을 품게 되고, 그것을 믿고 끝내는 실행을 하게 되는 것이니 위험하게 됩니다 라고 하였습니다. 공작께선 "흥 어리석기도 하지, 위험하긴 뭐가 위험해" 하고는 이어서 "폐하께서 지난번의 병환으로 돌아가셨다면 추기경과 토마스 러벨 경의 모가지는 벌써 날아갔을 거다."라 했습니다.

왕 아니! 그런 지독한 말을 해? 원, 그럴 수가 있담! 정말 위험스럽기 짝이 없는 자다. 더 할 얘기가 있는가?

감독관 네, 또 있사옵니다, 폐하.

왕 말해 보아라.

감독관 그린위치에 있을 때, 기사 윌리엄 벌머의 건으로 공작이 폐하의 꾸중을 듣고 나서—

왕 옳아. 그런 일이 있었지. 그 사람이 내 충신이었는데 공작이 빼돌려 부하로 삼았던 거지. 계속하라. 그래서?

감독관 그 때 공작께서 "만약에 이 일로 해서 죄를 저질러 내가 런던 탑에 갇히게 된다면 나의 선친께서 찬탈자 리처드(3세)한테 했던 것처럼 하려고 했었다. 선친은 솔즈베리에 계셨었는데 배알하러 가겠다고 청원을 했었는데 허락만 되었다면 무릎을 꿇고 머리를 조아리는 척하다가 단도로 왕의 가슴을 찔렀을 것이다"라고 말씀하셨습니다.

왕 무서운 역적이다!

윌지 왕비전하, 그런 인물을 옥에다 가두지 않고서 폐하의 옥체가 안전하시다고 하겠습니까.

왕비 오 신이어, 모든 것을 바로 잡아 주소서!

왕 아직도 하고 싶은 말이 있는 모양이군, 어서 말하라!

감독관 "선친 되는 공작께서" 하고 중얼대고 "검을"하며 일어서더니 한 손에는 단검을 쥐고, 또 한 손은 가슴에 대고 두 눈을 하늘을 향해 무서운 맹세를 하였습니다, 즉 그 뜻은 만약 앞으로 학대를 받게 되면 우유부단한 계획은 실천을 할 수밖에 없으니, 선친이 못한 일을 꼭 해내고 말겠다고 말했습니다.

왕 과인의 가슴에 단도를 꽂는 것이 그 자의 목적

이지. 그 자를 체포하였으니 곧 재판을 하여라. 국법이
그에게 연민을 베푼다면 용서할 수도 있겠다만 그렇지
않다면 과인에게서 자비를 바란다는 건 헛수고니라.
그 자야말로 역적 중의 역적이다. (모두 퇴장)

제3장 런던. 왕궁의 한 방

의전장관과 기사 샌즈 등장.

의전장관 프랑스의 마술에 걸려들면 사람들이 이렇게 괴상 망측한 꼴로 변할 수 있단 말인가?

샌즈 새로운 풍습이란 아무리 우스꽝스러운 것이라도, 아냐, 인간에게 어울리지 않는 것이라도 흉내내게 되니까요.

의전장관 내가 본 바에 의하면 이번 프랑스 여행에서 우리 잉글랜드 사람들이 얻은 것이라곤 얼굴을 괴상하게 찌푸리는 버릇을 하나 둘 배워 온 것입니다. 그 얼굴 표정이 그럴 듯 하다고 하나 그 콧대를 보면 움직이는 꼴이 바로 페팽 왕이나, 클로다리어스 왕을 모신 고문들 모양으로 거만스럽기 짝이 없으니까요.

샌즈 그 걸음걸이를 좀 보세요, 절름발이라니까요. 전에 제대로 걷는 것을 보지 않았다면, 모두 각기병이나 파행증(跛行症)에 걸린 사람으로 알 겁니다.

의전장관 바보 같은 소리다! 복장도 그렇고, 다 이교도식이거든. 기독교국에서는 다 지나가 버린 고물단지예요.

기사 토마스 러벨 등장.

안녕하세요! 무슨 새로운 소식이라도 있는지? 토마스 러벨 경.

러벨 별일은 없습니다만 왕궁의 문에 새 포고문이 붙어있는 정도입니다.

의전장관 무엇 때문에?

러벨 프랑스에 갔다 온 한량들을 단속하기 위한 것이죠. 왕궁이 온통 입씨름으로 꽉 차 있고, 재단사들이 왕궁 이곳저곳에서 설치고 있으니까요.

의전장관 그것 참 잘됐군. 프랑스라면 사족을 못쓰는 패들에게 루블 왕궁을 보지 않으면 잉글랜드 궁정인이 아니라는 식견을 고쳐주는 것이니.

러벨 그 포고문의 그 취지는 그 자들이 프랑스에서 배워 가지고 온 어리석은 꼬락서니나, 깃털장식 나부랭이 등을 버리고 잘난 체하는 바보짓을 포기하라는 겁니다. 예를 들면 외국에서 배운 지혜로 창시합이나 불꽃놀이를 한다 하여 자기보다 훌륭한 사람에게 프랑스 지식 따위를 써가며 모욕하는 것이나 또 테니스나, 기다란 양말, 불룩한 짧은 바지 등, 먼 여행의 기념장 같은 것을 깨끗이 버리고 진정한 인간으로 되돌아오던가 그렇지 않으면 프랑스의 친구들한테로 돌아가거라 하는 포고입니다. 그곳에서야 천하태평으로 마음껏 방탕한 생활을 할 수가 있었죠, 웃음거리가 되면서 말입니다.

샌즈 지금 치료를 하지 않으면 그 전염병은 더욱 기승을 부려 퍼져나갈 겁니다.

의전장관 아마 부인네들은 원통해할 테지, 근사한 눈요깃거리가 없어지니까!

러벨 그렇습니다, 정말 원통해할 겁니다. 그 탕아들은 부인들을 단번에 녹이는 교활한 재간을 가지고 있으니까요. 뭐니뭐니 해도 프랑스 노래나 바이올린을 켜는데는 당할 자가 없다구요.

샌즈 바이올린은 악마더러 켜라고 하지! 그것들이 가버리면 좋지요, 어차피 개심하긴 틀렸으니까. 그럼 착실한 시골뜨기 귀족인 이 사람인지라, 오랫동안 연주도 못한 터이나 이제 목구멍의 때를 벗겨 수수한 노래라도 한 시간쯤 불러드리면 부인네들은 멋진 요즘 음악을 한다고 할 테지.

의전장관 샌즈 경, 대단하십니다, 아직도 젊으시군요.

샌즈 네, 그렇습니다, 아직도 뿌리가 남아 있으니까요.

의전장관 토마스 경, 어디로 가세요?

샌즈 추기경한테로요. 장관께서도 초대받으셨지요?

의전장관 오, 그렇습니다. 오늘밤 만찬회는 귀족과 귀부인들을 엄청나게 많이 초대한 굉장한 것이죠. 틀림없이 이 나라의 미의 정수가 모일 거예요.

러벨 추기경께서는 참으로 마음이 넓으십니다. 대지처럼 풍요로운 손으로 혜택을 이 나라 구석구석에까지 뿌려주시니까요.

의전장관 확실히 고결한 분이십니다. 사악한 사람만

이 그렇게 생각하지 않을 겁니다.

샌즈 그야 혜택을 베풀 수 있겠지요, 그만한 재산을 가지고 있으니까. 그분이 인색하다면 사설(邪說) 이상의 더 큰 죄악이 될 겁니다. 그런 사람들은 손이 커야 하니까. 세상 사람들의 표본이 될 지위에 있으니까요.

의전장관 사실 그렇습니다. 그러나 그분처럼 손이 큰 사람은 그다지 흔치 않아요. 내 배가 기다리고 있으니 같이 타시죠. 자 토마스 경, 가시죠, 안 그러면 늦을 겁니다. 난 지각을 해서 안될 것이 헨리 길드포드 경과 함께 오늘밤의 간사 역을 부탁 받았으니까.

샌즈 기꺼이 동반하겠습니다. (모두 퇴장)

제4장 월지의 저택 요오크 플레이스의 홀

오보에 소리가 들려온다. 옥좌 아래에 추기경을 위한 작은 탁자가 있고, 내빈을 위한 긴 탁자가 한 편에 있다. 한쪽 문으로 앤 불린과 각계 각층의 귀부인들과 귀족들이 내빈으로 등장한다. 다른 쪽 문으로 기사 헨리 길드포드 등장.

길드포드 귀부인 여러분, 추기경 각하를 대신하여 환영의 인사 말씀을 드립니다. 오늘 하룻밤을 마음껏 즐겁게 보내시기 바랍니다. 여기 오신 귀부인 여러분께서는 단 한 분도 고민거리를 가지고 오시지 않으셨으리라 생각합니다만 여러분 모두 아무쪼록 좋은 친구와 좋은 술과 좋은 환대를 마음껏 즐겨 주십시오.

의전장관과 기사 샌즈 그리고 기사 토마스 러벨 등장.

오 장관님, 늦으셨습니다. 전 이렇게 아름다우신 분들이 모이시는 연회석을 생각만 해도 가슴이 뛰어 날개가 돋친 듯 단숨에 달려 왔습니다만.

의전장관 젊으시니까요! 헨리 길드포드 경.

샌즈 토마스 러벨 경, 추기경께서 나의 속물근성을 절반만 지니고 계셨더라도, 좌정하기에 앞서 감로주라도 내놓아 귀부인들의 입술을 적시게 해 줄 수 있고,

48

그러면 훨씬 더 즐거웠을 텐데. 정말이지 한결같이 미인들이 모였군.

러벨 오 그러시다면 좌중의 한두 분한테서 고해를 청문하죠!

샌즈 하고 싶구려. 그러면 죄를 쉽게 용서해 줄 것입니다만.

러벨 아니 쉽게라뇨. 어떻게요?

샌즈 그래요. 그저 푹신한 이부자리만 있다면 말이요.

의전장관 귀부인 여러분, 자리에 앉아주실까요? 해리 경, 당신은 그쪽을 맡아 주시죠. 난 이쪽을 맡을 것이니까요. 추기경께선 곧 들어오실 겁니다. 아니 그러시다 얼어버립니다. 부인 두 분이 한데 어울리면 엄동설한이 된다죠. 샌즈 경, 당신은 자리를 따스하게 해주는 역을 맡아주십시오. 어서 저 부인들 사이에 앉아주세요.

샌즈 네 고맙습니다. 의전장관. 부인들, 실례하겠습니다. 다소 입이 거칠어도 용서해 주세요. 선친으로부터 물려받은 것이라서요.

앤 어르신네가 난폭하셨나요?

샌즈 그럼요. 돌아도 한참 돈 거죠. 연애하는데 있어서는 더욱 그러셨답니다. 그러나 물어뜯진 않았어요. 그저 한숨에 스무 번쯤 키스를 했다 뿐이죠. 이렇게. (앤 불린에게 키스한다)

의전장관 멋지군요. 샌즈 경. 이제 여러분의 좌석

배치가 잘 되었군요. 신사 여러분, 만약에 아름다운 부인들께서 이맛살을 찌푸리고 자리를 뜨시면 그 속죄는 여러분이 하셔야 합니다.

샌즈 내 몫은 걱정 마세요.

오보에 소리. 월지 추기경이 등장하여 좌정한다.

월지 아름다운 숙녀 여러분, 참으로 잘 오셨습니다. 그리고 신사 여러분, 마음껏 즐겨 주시지 않으면 이 사람의 친구가 아닙니다. 자, 환영하는 뜻으로 여러분의 건강을 위해 축배를 듭시다. (건배한다)

샌즈 고귀하신 추기경 각하, 저의 감사를 담을 만한 큰잔을 주십시오. 그것으로 인사의 말씀을 대신하렵니다.

월지 샌즈 경, 고맙습니다. 좌중을 유쾌하게 해 주시오. 부인들, 즐겁지 않은 것 같습니다. 신사 여러분, 이건 누구의 책임인지 아시겠지요?

샌즈 붉은 포도주가 부인 여러분의 볼을 아름답게 물들이게 되면, 말문이 열릴 겁니다. 남자들이 말할 틈도 주지 않게 될 거예요.

앤 샌즈 경은 잘 노시는 분이군요

샌즈 놀이한다면 말이오. 자, 당신을 위해 축배를 걸치오. 도시 이것이란—

앤 무슨 말씀이신지 모르겠어요.

샌즈 추기경 각하, 부인들이 즉시 말문을 열지 않았습니까.

북소리와 트럼펫 소리. 계속하여 축포의 소리.

월지　무엇인가, 저건?
의전장관　누가 좀 나가보아라. (하인 한 사람 퇴장)
월지　전쟁이라도 난 것 같은 소리다, 무엇 때문에 저러는 거지? 아니, 숙녀 여러분, 겁낼 건 없습니다. 전쟁이 터져도 여러분은 특권을 가지고 있으니까요.

하인 다시 등장.

의전장관　무슨 일인가! 저 소리는 뭐야?
하인　외국에서 오신 지체가 높으신 분들인 것 같습니다. 지금 막 배에서 내리시어 이곳으로 오고 계십니다. 외국의 왕실에서 보내신 사절 같습니다.
월지　미안하오나 의전장관께서 그분들을 영접해주시죠. 당신의 능통한 불어로 정중하게 맞이하여 이곳으로 안내해주시오. 이곳에 계신 천사와 같이 아름다운 귀부인들이 밝은 얼굴로 맞아들일 것이오. 누가 모시고 가거라. (의전장관이 시종들과 함께 퇴장. 일동 일어서고 식탁이 정리된다)
연회 도중에 파흥이 됐습니다만 곧 다시 바로 잡겠습니다. 여러분 일동께서는 모두 너그럽게 받아들여주시길 바라면서, 다시 한번 환영의 인사를 올리겠습니다. 여러분 참 잘 오셨습니다.

오보에 소리. 왕과 그 밖의 사람들이 각기 양치기로 가장한 가면무도 차림을 하고 의전장관의 안내를 받으며 등장. 그들은 곧 바로 추기경 앞으로 가서, 우아하게 인사를 한다.

월지　훌륭하신 일행들이시군요! 이곳에 오신 소망은?

의전장관　저분들은 영어를 몰라서 저를 통해 각하께 이렇게 말씀해 달라는 겁니다. 오늘밤 지체 높으신 분들과 아름다우신 분들이 모이신다는 소문을 듣고 평소 미인들을 크게 존경하는 터라, 양떼를 내팽개치고 이곳에 왔답니다. 그래서 추기경 각하의 인도로 그 부인들을 만나 뵙고 한때의 환락을 같이 할 수 있도록 추기경 각하의 허락을 바란다고 간청합니다.

월지　의전장관, 그럼 이렇게 전해 주세요. 이런 보잘것없는 저의 집에 왕림해 주시니 분에 넘치는 영광이며 충심으로 감동하는 바이며, 마음껏 즐겨 주시기 바란다고 말이요.

일동 각각 춤출 여인들을 선택한다. 헨리 왕은 앤 불린을 선택한다.

왕　이처럼 아름다운 손은 처음 보았소! 오 난 여태껏 당신 같은 미인이 있는 줄 몰랐군!

음악과 무용이 시작된다.

월지 의전장관!

의전장관 네, 추기경 각하?

월지 저분들에게 이렇게 말씀해 주세요. 저분들 가운데 암만 해도 나보다 지체가 높게 자리하실 분이 있으신 것 같아요. 그러한 분이 계신 것을 알게 된다면 나는 경애심과 의무감으로 이 자리를 사양하겠다고 전해 주시오.

의전장관 그리하겠습니다, 각하. (가면을 쓴 사람들에게 무어라 속삭인다)

월지 무어라고 말합디까?

의전장관 실은 그런 분이 한 분 계신다는 겁니다. 추기경께서 그런 분을 찾아내시면 그 자리에 앉으실 거라 합니다.

월지 그럼 찾아봅시다. 여러분, 실례를 무릅쓰고 선택하겠습니다. 이분이 폐하신가 봅니다 .

왕 (가면을 벗으면서) 들켰구면, 추기경. 화려한 연회이구려! 좋아요! 경은 성직자이니 괜찮지 그렇지 않으면 추기경, 이 연회를 나쁜 의미로 생각할지 모르지.

월지 폐하의 즐거우신 용안을 뵈오니 흐뭇할 뿐입니다.

왕 의전장관, 이리 좀 오시오. 저기 저 미인은 어느 댁 규수요?

의전장관 황공하오나, 로치포드 자작, 토마스 불린

경의 규수로 왕비전하의 시녀들 중의 한 사람이나이다.

왕 참 우아한 여성이로군. 어여쁜 처녀, 아까는 실례를 했소. 그대와 춤을 추고서도 키스를 안 했으니. (키스한다) 자, 건강을 위해서 축배 합시다! 술잔을 돌리시오.

월지 토마스 러벨 경, 별실의 연회석은 준비가 되었는지?

러벨 네, 준비되어 있습니다.

월지 폐하, 춤을 추느라고 약간 더운 것 같사온데요.

왕 으음, 약간 더워진 것 같아.

월지 다음 방은 공기가 신선한 줄 아옵니다.

왕 저 부인들도 다 안내하시오. 귀여운 파트너여, 아직도 나의 짝이니 놔줄 수 없는 일이오. 추기경, 유쾌하게 즐깁시다. 난 미인들을 위해서 대여섯 번 축배를 들것이고, 또 미인들과 한 번씩 춤을 추고 나서, 어떤 부인이 제일 인기가 있는지 판정하리다. 자, 음악을 시작하라! (트럼펫소리와 함께 모두 퇴장)

제 2 막

●

아, 하늘의 뜻이겠지! 그 영화를
모르셨던들 오히려 행복하셨을 거예요. 비록
일시적인 영화이긴 하지만, 싸움판의 운명의 여신이
빼앗아가면 그거야말로 영혼을 육체에서
저며내는 고통일 테지.
-3장 앤의 대사 중에서

제1장 웨스트민스터의 거리

신사 두 사람이 좌우로 등장하여 만난다.

신사1 여보게, 어딜 그렇게 급히 가나?

신사2 오 잘 있었나! 웨스트민스터 홀로 가는 길이지, 버킹검 대공작이 어떻게 되는지 방청을 하려고.

신사1 그렇다면 가도 소용없네. 이미 다 끝난 걸, 다만 죄수의 압송만 남아 있을 뿐일세.

신사2 그래, 자넨 방청했나?

신사1 응, 끝까지 있었지.

신사2 그래, 어떻게 됐나?

신사1 그야 뻔하지 않은가.

신사2 유죄가 됐나?

신사1 그렇다네, 사형선고를 받았어.

신사2 그것 참 안됐군.

신사1 모두들 그렇게 생각하지.

신사2 그래, 재판은 어떻게 진행이 됐구?

신사1 간단히 말하겠네. 대공작께선 피고석에 나오셨고 공소사실을 극구 부인하시며 무죄를 주장하셨다네, 그리고 법조문도 당하지 못할 만큼 예리한 이론을 펼치셨거든. 거기에 대해서 왕실측 검사가 각 계층의 심문조서와 증거품과 증인들의 증언을 제시하며 반격해왔지 뭔가. 그래서 공작께선 그 증인들을 대질시켜

달라고 요청하셨다구. 해서 공작의 감독관이자 비서관인 길버트 펙 기사, 고해 청문자인 존 카아, 그리고 그 불행한 사건의 씨를 뿌린 악마와 같은 수도사 홉킨스 등이 법정에 출두했지.

신사2 바로 그 자였군, 공작께 예언을 집어 넣어준 수도사가 말야.

신사1 바로 그 자야. 그 자들은 한결같이 공작께 강하게 죄를 뒤집어 씌웠더군, 공작은 반박해 주려고 했지만 뜻대로 되지 않았다네. 그래서 귀족들은 그것을 증거로 하여 공작을 대역죄로 판결하였지 뭔가. 공작은 힘을 쏟아 변명을 했고 법학의 지식을 기울여 변론을 했지만, 겨우 가엾다는 동정을 샀거나, 아니면 전연 무시당하고 말았다네.

신사2 선고를 받은 후 공작의 태도는 어떠했나?

신사1 판결을 듣게끔 피고석에 다시 서게 됐고, 장례식 종소리를 듣듯 판결이 귀에 울렸을 땐 격렬한 고뇌에 몸을 떨고 몹시 땀을 흘리면서, 무어라고 분노에 북받치는 말을 쏟다가 이내 본 자태로 되돌아가서 줄곧 조용하게 괴로움을 참는 훌륭한 태도였다구.

신사2 죽음을 두려워하는 분은 아냐.

신사1 그렇고 말구, 그분은 결코 그런 졸장부 같은 짓은 못하는 분이 아니다만 그 무고한 죄가 원통하셨겠지.

신사2 술책을 꾸민 건 틀림없이 추기경일 거야.

신사1 있을 법한 일이지, 모두들 그렇게 추측하고 있으니까. 아일랜드의 대리관이었던 킬데어 백작이 파면되고 서리 백작을 벼락같이 그 자리에 부임시킨 것도 장인 되는 버킹검 공작을 돕지 못하게끔 한 계책이지.

신사2 그러니 뿌리깊은 시기심에서 나온 정치적 책략이로군.

신사1 서리 백작이 돌아오게 되면 틀림없이 보복을 하겠지. 이건 누구나 다 아는 사실이지만 추기경은 누구든 국왕의 총애를 받게 됐다 하면 곧 새로운 직책을 주어 왕궁과 먼 곳으로 전임시켜버린단 말일세.

신사2 평민들은 모두 추기경을 크게 미워하고 있고, 그저 바다 속 깊이 처넣고 싶다는 생각이지. 그에 반해 모두들 공작에 대해서는 사랑하고 흠모하여 왔어, 관대한 버킹검 공이니 만민의 귀감이니 하면서—

신사1 잠깐, 지금 말하고 있던 고귀하신 공작께서 비참한 모습으로 나타나셨네.

　　버킹검 공작이 심문이 끝나 법정에서 나온다. 먼저 사형집행
　　인들이 나오는데, 한사람은 도끼 날이 공작을 향하도록 들고
　　있다. 공작 좌우에는 도끼 창을 든 사람이 따른다. 기사 토마
　　스 러벨, 기사 니콜라스 복스, 기사 윌리엄 샌즈가 동반하고,
　　많은 평민들과 그 밖의 사람들이 그 뒤를 따른다.

신사 2 가까이 가서 보기로 하자.

버킹검 날 동정해서 이렇게 멀리까지 와서 전송해 주시는 선량하신 시민 여러분, 내 말을 들으시고 귀가

하시어 나의 일은 잊어주세요. 이 사람은 오늘 역적이란 판결을 받아, 그 오명을 쓴 채로 사형을 당하게 됐습니다. 만약에 내가 불충한 사람이라면 신이 살피실 거고, 또 내 양심이 있을지니 도끼 날이 내 목을 치는 순간에 그 증인이 되어 날 지옥에 떨어지게 하리라! 날 사형에 처하는 국법에 대해 나는 원망치 않소이다. 다만 증인의 진술에 의해서 정당하게 판결이 내려진 것이니까요. 그러나 고발한 사람들이 좀 더 기독교 신자다웠으면 하고 바랄 뿐입니다. 그들이 어떻든 간에 이 사람은 진심으로 그들을 용서합니다. 그렇지만 악한 짓으로 영광을 찾으려고 한다든지, 권세가의 무덤 위에 부정(不淨)함을 쌓아 놓는 일이 있으면 죄 없이 죽은 나의 피가 그들을 응징하지 않을 수 없습니다. 난 이 세상에서 더 오래 살고 싶지도 않습니다. 구명을 호소하고 싶지도 않습니다. 설혹 내가 지은 죄를 감싸고 남을 만큼 폐하께서 자비를 갖고 계시다 할지라도 거기에 호소하고자 하지 않습니다. 다만 평소에 날 사랑해 주시던 분들, 버킹검을 사랑하시고 눈물을 흘려주시던 몇몇 귀족과 시민 여러분을 영원히 이별하게 되는 것만이 쓰디 쓴 최후의 고통입니다. 바라건대 여러분은 선량한 천사처럼 나의 임종을 지켜봐주시고, 영혼과 육체를 영구히 떼어놓는 도끼 날이 내 목을 칠 때, 여러분의 기도로 나의 영혼이 승천하도록 해주십시오. 자, 날 안내해 주오.

러벨 만약 경께서 마음속에 저에 대한 원한을 갖고 계신다면 자비로운 마음으로 저를 용서해 주십시오.

버킹검 토마스 러벨 경, 기꺼이 용서할 것이오. 나도 용서받았으면. 나는 모든 것을 용서하겠소이다. 나에게 저지른 죄악들이 아무리 많다 하더라도 난 깨끗이 씻어버리리다. 추한 원한을 나의 무덤까지 가지고 가지 않아요. 폐하께도 말씀을 잘해 주시오. 만약에 폐하께서 이 버킹검의 말씀을 하시거든 천국에 가려는 그 사람을 만나보았다고 하시오. 그리고 난 아직도 폐하의 충신이오. 폐하를 위해 기도를 올리고 있으며, 내 영혼이 이 몸에서 떨어져나갈 때까지 폐하에게 축복이 있으라고 외칠 것이오. 나의 생이야 얼마 안 남았지만 그 사이 빌고 비노니 폐하께선 만수무강하소서! 언제나 백성을 사랑하시고, 백성의 경애를 받으시는 명군이 되시옵소서! 천수를 다하시어 이승을 하직하시게 되시면 묘지에 송덕비가 세워지도록 하소서!

러벨 선창까지는 제가 공작을 모십니다만 그 다음은 기사 니콜라스 복스가 운명하실 때까지 모든 것을 맡을 겁니다.

복스 배 준비를 해주오. 공작께서 곧 가실 꺼요. 지체 높으신 어른의 신분에 걸맞도록 장식을 해 놓으라고 일러주오.

버킹검 아니오, 복스 경, 그대로 내버려두오. 지금 나를 장식한다는 것은 날 조롱하는 것밖엔 안되오. 내가 이곳에 왔을 땐 보안장관 버킹검 공작이기도 했는데, 지금은 초라한 에드워드 보운에 불과하오. 그러나 진실이 무엇인지 모르는 비열한 고발자들보다는 아직도 내가 더 부유하오. 나는 그 충성을 치부해둔 사람이니 나의 피가 어느 때고 그들을 신음하게 할 것이오. 나의 선친 버킹검 공 헨리께선 찬탈자 리처드(3세)에 항거하여 제일 먼저 군란을 일으켰으나 참패하고 부하인 베니스터란 자한테 피신하고 계시다가 그 비열한 자가 배신하여 체포되었고, 재판도 받지 못한 채로 처형되고 말았소. 오 선친의 영혼에 평안이 있으시기를! 헨리 7세께서 등극하시자 선친의 죽음을 진심으로 애통히 여기시어 명군답게 나에게 작위를 부활시켜 주시고, 몰락해 있던 이 사람이 다시 명예를 차지하게 해주셨소. 그런데 그분의 아드님이신 헨리 8세께서 그렇게 얻은 나의 생명을, 명예를, 지위를, 행복했던 내 모든 것을 일격에 영원히 박탈하고 말았소. 그래도 어쨌든 난 재판을 받았고 그것도 떳떳한 처우를 받았으니 처량하신 선친보다는 얼마간 행복한 것이오. 그러나 부자가 같은 운명의 길을 밟게 되다니, 둘이 다 자기의 심복부하의, 자기가 가장 아껴 사랑하던 자들에 의해서 죽음을 당하게 됐으니 인정도 신의도 없는 극악무도한 자들이오! 모든 일에 하늘의 뜻이 있는 법이오. 그러나 여러분, 이것만은 틀림없는 일이니 죽음을 앞둔 사람이 말하는 것이니 귀담아 들어주기 바라오. 여러분이 아낌없이 사랑하고 충언하던 막역한 친구라 할지라도 결코 마음을 놓아서는 안되오. 왜냐하면 여러분이 친구로 생각하고 진심으로 우정을 바치지만, 당신들의 운명이 기울어지게 됐다고 눈치채면 그들은 썰물이 빠지듯 떨어져나가고 그림자도 비치질 않소이다. 다시 온다면 당신네들을 패가망신시키려 하는 경우요. 선량하신 시민 여러분, 날 위해서 기도해 주시오! 이젠 여러분과 이별을 하게 됐소이다. 길고 지루했던 나의 인생의 마지막 순간이 다가왔소이다. 안녕히 계십시오! 여러분들이 슬픈 얘길 할 땐 나의 처절한 말로를 예로 들어주시오. 할 말은 다했소이다. 하나님, 이 몸을 용서해주소서! (버킹검과 그의 일행 퇴장)

신사1 야, 이건 애처롭기 그지없다! 두고봐, 이러다보니 이 일을 꾸며낸 사람들 머리 위에 수많은 저주가 쏟아질 것 같군.

신사2 그런데 공작에게 죄가 없다면 너무나 비통한 일이지. 풍문에는 사실 어떤 일이 실제로 일어난다면 이보다 더 흉악한 일이 계속 일어날 거라지 뭔가.

신사1 착한 천사여, 우리를 보호해 주소서! 무슨 일이 일어날까? 난 절대로 딴말하지 않아요.

신사2 정말이지 중대한 비밀일세. 절대로 입밖에 내지 않겠다고 굳게 맹세하겠나?

신사1 날 믿어주게, 난 입이 무거운 사람이야.

신사2 자네니까 말하겠네, 아마 떠도는 소문을 들었겠지, 폐하께서 캐더린 왕비와 이혼을 할 거라는 소문을.

신사1 나도 들었네만, 실은 그렇지 않다고 하던데. 왜냐하면 그 소문을 들으신 폐하께서 진노하시어 곧 시장한테 어명을 내려 그런 풍문이 떠돌지 못하게 하고 그런 소문을 퍼뜨리는 자들의 입을 틀어막으라고 하셨다더군.

　신사2　그러나 그 고얀 소문이 사실로 드러났더군. 그 소문이 다시 나자 그전보다도 더 훨씬 거세게 퍼지고 있어요. 그리고 사람들은 폐하께서 이혼하리라고 믿고들 있어. 추기경이나 다른 측근들이 선량한 왕비에게 악의를 품고 왕비를 폐위시킬만한 의혹을 폐하께 불어넣었다구. 그 의혹을 확증하기 위해서 캠피어스 추기경이 로마에서 바로 어제 오셨단 말일세. 물론 그 문제 때문이라구 믿고들 있지.

　신사1　필경 추기경의 짓이지. 황제(왕비의 조카 되는 독일의 찰스 황제)에 대한 복수를 하려는 것이거든. 왜냐하면 그는 톨레도의 대주교직을 그 황제에게 청했다가 들어주지 않았기 때문에 이런 획책을 한 거라네.

　신사2　대단한 통찰력이군. 그러나 왕비가 그 고통을 받아야 하다니 너무나 가혹한 일이군. 추기경은 자기 의사대로 밀고 나갈 것이고. 왕비는 필경 폐비 신세가 되고 말 걸세.

　신사1　정말 애처로운 일이지. 이런 얘길 하기엔 여기가 너무 사람 눈에 뜨일 것이지. 더 은밀한 곳으로 가세. (두 사람 퇴장)

제2장   런던. 왕궁의 대기실

의전장관이 서장을 읽으면서 등장.

의전장관 "각하, 각하가 보내주신 말들을 자세히 살펴보니 선택, 조련, 장식, 모두 훌륭했습니다. 젊고 날씬하여 북쪽 지방에선 가장 좋은 최우량종인 줄로 압니다. 그 말들을 런던으로 보낼 준비를 다 갖추고 있었는데, 추기경의 가신이 와서 주인의 명령이라고 호통을 치며 강제로 그 말들을 몽땅 빼앗아갔습니다. 그 이유인즉, 폐하를 제외하고는 자기 주인은 누구든 모든 신하를 복종시킬 권리가 있다고 하니 우리는 그만 입을 다물 수밖에 없었던 것입니다" 추기경은 능히 그럴만한 사람이니. 자, 가져가라고 해야지 무엇이든 멋대로 가져갈 사람이지.

의전장관과 노포크 공작과 서포크 공작 등장.

노포크 의전장관, 잘 만났습니다.
의전장관 두 분 다 안녕하십니까?
서포크 폐하께선 어떠십니까?
의전장관 제가 나올 땐 폐하께선 혼자 계셨는데 수심에 잠겨서 번민하고 계신 것 같았습니다.
노포크 왜 그러실까요?

의전장관　형수이셨던 분과 결혼하신 것이 양심에 가책을 받으신 거겠죠.

서포크　(방백) 그렇지 않다. 폐하의 양심은 다른 여자 때문이다.

노포크　(의전장관에게) 그렇다마다요. 그것도 추기경의 농간이에요. 왕의 행세를 하는 추기경의 술책이니. 눈 먼 신부는 운명의 여신의 장남마냥 제멋대로 놀아나니 언제든 폐하께서도 그 자의 정체를 아실 때가 올 테지.

서포크　그렇게 되야지요! 그렇지 못하면 왕은 도저히 왕 자신을 인식 못하게 될 겁니다.

노포크　그 사람이 하는 짓은 무슨 일이든 성직자연하고! 신앙의 열성을 보여 주지 않습니까! 이번에 우리 잉글랜드인과 왕비의 조카 되시는 황제와의 화친을 깨뜨린 것도 그 사람이에요. 그 사람은 폐하의 영혼 속에 잠입하여 위험이니 의혹이니 양심의 가책이니 공포니 절망 따위를 마구 뿌리면서 이 모든 것이 폐하의 결혼 때문이라면서 여기에서 해탈하기 위해선 이혼을 해야 한다고 충언한 것이니 바로 왕비를 폐비시키려고 한 것이오. 그 왕비는 이십 년 동안이나 보석처럼 왕의 목에 매달려 그 광명을 잃어 본 일이 없는 분이오. 마치 천사들이 착한 사람을 사랑하듯 끔찍하게 폐하를 사랑해 온 분이지요. 아무리 액운이 자기에게 떨어지더라도, 폐하를 사랑해서 축복하시겠다는 왕비입니다— 그 자가 하는 짓이 얼마나 수상하다 할 것입니까?

의전장관 오 하늘이여, 그런 충고를 물리쳐 주십시오! 사실 그런 소문이 도처에 파다하게 퍼져 사람들이 모두 수군대고 있으며, 뜻 있는 사람들은 누구나 개탄하고 있습니다. 이들 문제들을 꿰뚫어보는 사람들은 그 주요한 목적을 잘 알고 있으니 바로 프랑스 왕의 매씨를 앉히려는 것이라고 보고 있습니다. 그러나 언제고 하늘은 그 잔악한 자에게 홀려만 계셨던 폐하의 눈을 각성시켜드렸으면.

서포크 그렇게만 된다면 우리들도 그의 노예나 다름없는 처지에서 벗어나게 되겠군요.

노포크 그렇게 되도록 기도해야 합니다. 진심으로 우릴 위해서 말입니다. 그렇지 않으면 그 오만불손한 자의 횡포는 우릴 귀족에서 모두 머슴으로 격하시키고 말 겁니다. 모든 사람의 명예도 그 자 앞에선 한 줌의 진흙덩어리에 불과합니다. 제 마음대로 주물러버리니까요.

서포크 두 분, 난 그 사람을 좋아하지도 않거니와 두려워하지도 않아요. 그런 것이 나의 신조예요. 난 그 자의 덕택으로 출세한 것도 아니니, 폐하의 마음만 변치 않는다면 아무렇지도 않습니다. 그 자가 저주를 하건 축복을 하건 내겐 상관없습니다. 쓸모 없는 소리에 불과하니까요. 난 그 자의 과거도 현재도 잘 알고 있으니 그 사람을 교황에게 맡기려는 겁니다. 그 사람을 불손하게 만든 교황에게 말입니다.

노포크 폐하께서 진노하고 계시니 안으로 들어가서 어떻게든 심기를 다르게 돌려드리도록 하십시다. 장관도 함께 안 가시렵니까?

의전장관 미안합니다만 난 폐하의 분부로 갈 곳이 있습니다. 어쨌든 지금은 혼자 조용히 계시니 배알할 때가 아니라고 생각됩니다. 그럼, 실례하겠습니다.

노포크 고맙습니다, 의전장관. (의전장관 퇴장. 왕이 커튼을 열고 앉아. 수심에 잠긴 듯 독서를 하고 있다)

서포크 수심에 잠기셨나 봅니다! 번민이 대단하신 것 같군요.

왕 야, 거기 누구 없느냐?

노포크 (방백) 진노하지 않으시길.

왕 누구냐고 묻지 않느냐? 조용히 명상에 잠겨 있는데 웬일로 감히 들어왔는고? 내가 누군 줄 알고 그러는가!

노포크 악의가 없으면 모든 허물을 관용하시는 어지신 지존이시라 사료하고 이렇게 예절에 어긋나게 중대사로 폐하의 성지(聖旨)를 여쭈어보려고 배알한 것이옵니다.

왕 무엄하고 당돌하다. 물러들가라. 그런 일은 다른 때 아뢰도록 하라. 지금은 세속적 일에 시간을 허비하고 싶지 않다.

월지와 교황의 훈령을 가지고 온 캠피어스 등장.

거기 온 자는 누군고? 추기경이오? 오 잘 왔소. 나의 양심의 상처를 치료해 줄 월지여. 그대야말로 왕을 치유해 줄 수 있는 명의요. (캠피어스에게) 박학하신 경께서 우리 나라에 잘 오셨소이다. 앞으론 거리낌없이 편하게 지내주시오. (월지에게) 잘 돌보아드려야 하오. 말로만 하는 환영이 되지 않도록 말이오.

월지 분부대로 거행하겠습니다. 폐하, 한 시간쯤 긴히 아뢸 말씀이 있사오니 주위를 물리쳐주셨으면 합니다.

왕 (노포크와 서포크에게) 바쁘니 물러가도록 하오.

노포크 (서포크에게 방백) 이래도 저 성직자가 교만하지 않단 말인가요?

서포크 (노포크에게 방백) 말할 것도 없어요. 저 자의 자리를 맡게 되더라도 저런 고질엔 걸리고 싶지 않소이다. 그나저나 이것도 오래가진 못합니다.

노포크 (서포크에게 방백) 오래 계속된다면 죽을 각오를 하고 혼찌검을 내줄 테요.

서포크 (노포크에게 방백) 나 역시 그래요. (노포크와 서포크 퇴장)

월지 (왕에게) 폐하께서 양심의 고민을 기독교국들의 자유로운 찬반투표에 부치도록 위촉하신 것은 모든 군주들에게 솔선수범하시는 영특하신 선례라고 사료됩니다. 그러니까 이제는 누가 감히 화를 낼 수 있겠으며, 악의를 품을 수 있겠습니까? 스페인 사람들은 왕비와 핏줄이 닿고, 왕비를 사랑도 하기는 하나 그들이 양식만 있다면, 이번 재판이 공정하고 타당한 판결을 내렸다고 말할 겁니다. 모든 기독교국들의 석학이신 학자들이 자유로운 투표권을 가졌으니 말입니다. 뿐만 아니라 심판의 모체이신 로마 교회는 폐하의 초청에 의해 전 교회의 대표자로 공정하고 박학하신 캠피어스 추기경을 이곳으로 파견하셨습니다. 다시금 폐하께 소개하는 바입니다.

왕 나도 다시 한번 포옹해서 환영하리다. 그리고 로마의 추기경 여러분께도 감사하는 바이오. 내가 요망하는 훌륭한 분을 보내주셨소이다.

캠피어스 폐하께선 고매하신 분이오라 외국 사람들도 모두 경애하고 있나이다. 폐하께 삼가 교황의 훈련장을 올리옵니다. 이 훈련장엔 요오크의 추기경이신 월지 추기경과 저에게 교회의 사도로서 이 사건에 관해 공정히 재판할 것을 명령한 것이옵니다.

왕 공평한 두 분이시니. 귀하가 온 걸 왕비에게 알려야지. 가아디너는 어디 있느냐?

월지 폐하께선 항상 왕비전하를 깊이 사랑하셨는지라 왕비의 진퇴에 관한 일이오니 학자들이 왕비를 변호하는 것을 허락해주셔야 하옵니다. 신분이 낮은 부인들도 법률상 허용돼 있으니 말이옵니다.

왕 그러리다, 가장 훌륭한 변론자를 선택하시오. 왕비를 위해 최선을 다하는 사람에겐 나도 호의를 가질 것이오. 추기경, 가아디너를 불러 주오. 새로 임명된 비서관이오. 그 자가 이 일에 적임자 같소. (월지 퇴장)

곧 추기경 월지, 가아디너를 대동하고 다시 등장.

월지 (가아디너에게 방백) 손을 잡아봅시다. 축하하오, 이젠 폐하를 가까이 모시게 됐으니.

가아디너 (월지에게 방백) 그러하오나, 저는 언제까지나 추기경의 지시를 따르겠습니다. 이 손이 저를 이렇게 출세를 시켜주셨으니까요.

왕 가아디너, 이리 오게. (걸어가서 무어라 속삭이고 있다)

캠피어스 (월지에게 방백) 요오크의 추기경, 저 사람 전임은 페이스 박사가 아니었나요?

월지 그랬습니다.

캠피어스 그분은 학식이 많은 사람이라고 하던데요?

월지 틀림없이 그렇습니다.

캠피어스 정말이지 상서롭지 못한 소문이 퍼져 있어요. 바로 추기경, 당신에 관해서 말이오.

월지 내게 관해서요? 어떤 소문이죠!

캠피어스 물론 실없는 낭설인지 모르나 경이 그분의 덕망을 투기하고 그분의 출세를 두려워한 나머지 그 사람을 항상 외국으로만 나돌게 했기 때문에 그만 분개한 나머지 그가 미쳐서 죽었다는군요.

월지 그 사람의 혼백에 평화가 깃드소서! 이만한 기도면 기독교도로서 족하고 남습니다. 아직도 그 자가 살아 있다면 본때를 보여줬을 겁니다. 그 사람은 바보였어요. 덕망이 높은 체하지 않고는 못배기는 자였으니까요. 저 사람은 좋은 사람입니다. 제가 명령하면 그대로 하니까요. 그런 사람 아니고는 심복으로 둘 수 없습니다. 큰 형님께서도 저 사람보다 못한 사람은 절대로 가까이 돼서는 안됩니다.

　왕　(가아디너에게) 이 일을 왕비께 정중히 전해주오. (가아디너 퇴장)

　(월지 등에게) 학자들이 의논을 하기에 가장 적합한 장소가 블랙프라이어스가 아닐까 생각되오. 그곳에 모여서 이 중대한 사건을 토의하도록 해 주오. 월지 경, 그 준비를 시켜주오. 오 하나님, 불미스러운 관계만 없다면 그렇게도 아름다운 인생의 반려를 어떻게 버리겠습니까? 그러나 양심, 양심이! 오 내 가슴속에 사무쳐 있으니 왕비를 버릴 수밖에 도리가 없구나. (모두 퇴장)

제3장 런던. 왕비의 거처 대기실

앤 불린과 노부인 등장.

앤 아냐, 그 때문도 아냐. 왕비전하가 고통받으시는 원인이 이렇답니다. 왕비전하께서 폐하를 모셔온 지가 그렇게 오랜데도 이날 이때까지 불명예스러운 소문이라고는 누구의 입에서도 나온 적이 없는— 사실이지 나쁜 일이라고는 하려 해도 그것이 무엇인지 알지도 못하시는 분이셔요— 오, 여러 해 동안 왕비의 자리에 앉아 계시면서 위엄과 영화가 커지신 분인데 그 모든 것을 떨쳐버리시다니, 그것을 처음에 받아든 기쁨보다야 천 배나 고통이 크실 거야— 이런 경로이신데 이혼을 하게 되시다니 어떤 괴물인들 애처롭게 생각하지 않을 건가!

노부인 목석처럼 인정머리 없는 사람도 너무나 애절해서 눈물을 흘리고 있어요.

앤 아, 하늘의 뜻이겠지! 그 영화를 모르셨던들 오히려 행복하셨을 거예요. 비록 일시적인 영화이긴 하지만, 싸움판의 운명의 여신이 빼앗아 가면 그거야말로 영혼을 육체에서 저며내는 고통일 테지.

노부인 에그 가여운 왕비! 그저 한 외국사람이 되시겠군요.

앤 그러니 더욱 애절하지 뭐야. 정말이지 나는 말이야. 맹세할 수 있어. 머리에 금관을 쓰고, 화사한 의복을 입고서 울고 있는 것보다는 미천하게 태어나서 하류층의 사람들과 어울려서 사는 것이 훨씬 더 좋겠다.

노부인 그나저나 스스로 만족할 수 있다는 것이 무엇보다 큰 재산이에요.

앤 난 내 처녀성에 두고 맹세하지만 왕비는 되고 싶지 않아.

노부인 가당치도 않은 소리. 왕비가 될 수만 있다면 처녀성쯤은 팽개쳐버려도 좋아. 당신도 그럴 거구요. 겉으로야 시치미 떼고 그런 말을 하지만. 당신이야말로 뛰어난 미모를 가졌는데 어찌 그 여자다운 욕망이 없겠어. 높은 영달과 재물과 권세가 싫을 리는 없을 거고, 솔직히 말해서 그런 건 정말 희한한 일인 걸요. 그 재능을— 당신은 신중을 기하고 있지만— 양심의 탄력있는 끈을 느슨하게만 하면 그 영화를 당장 누릴 수도 있다니까.

앤 안돼, 그건 정말 싫다구!

노부인 아니 싫을 리가 있나! 왕비가 되고 싶지 않다구?

앤 싫대두. 하늘 아래의 모든 재물을 준다 해도 싫어.

노부인 맙소사, 참 이상하네. 난 늙었지만 3 펜스만 준다고 하면 왕비가 되고 말겠어. 그러면 공작부인은 어떤가요? 그 칭호가 주는 짐 같으면 짊어질 수가 있지?

앤 정말 못하겠다.

노부인 그렇다면 너무나 나약하군. 그럼 좀 더 아래로 내려가지. 얼굴만 약간 붉힌다면 내가 젊은 백작역도 해 내지. 이만한 짐도 못진다면 너무나 허약하여 어린애도 낳지 못하겠어.

앤 어머나, 못하는 말씀이 없군! 다시 한 번 맹세하지만, 전세계를 다 준대도 왕비는 되고 싶지 않대두.

노부인 사실은 왕비가 되는 표시로서 금의 공을 하나 받는다면 이 조그만 잉글랜드 땅덩어리를 차지할수 있어. 왕비가 된다면 말이야. 나 같으면 아무 것도없이 오직 거칠고 험한 카아나본셔 주 하나만 준대도성큼 응할 건네. 어머나, 누가 오시네.

의전장관 등장.

의전장관 안녕하신가요? 두 분께서 은밀히 나누신밀담을 어느 정도로 보상하면 알아 낼 수가 있을까요?

앤 장관님, 아실 것도 없는 일이에요. 그저 왕비전하의 슬픔을 뼈아프게 생각하고 있었을 뿐이에요.

의전장관 그거 참, 착하신 일이군요, 숙녀분들께 어울리는 행동이구요. 모든 것이 잘 되길 기대하고 있습니다만.

앤 잘 되시길 하나님께 축원합니다, 아멘!

의전장관 참으로 어진 마음씨를 가지셨습니다. 그런 분한텐 반드시 하늘의 축복이 내리죠. 제가 이렇게 말씀드리는 것은 결코 인사치례가 아닙니다. 실은 부인의 여러 가지 부덕이 폐하의 눈에 드시어 칭찬을 하셨을 뿐 아니라 다음과 같은 분부가 계셨습니다. 펨브로크의 후작부인이라는 명예로운 칭호를 부인께 하사하시고 거기에 연금 일천 파운드의 은전이 첨가되어 있습니다.

앤 순종의 뜻을 어찌 표현해야 할지 모르겠습니다. 제가 가지고 있는 것이 아무 것도 없는 것과 같으며 저의 기도는 성자와는 달리 무력하며, 저의 축원도 헛된 것에 불과합니다. 그러하오나 오직 기도와 소원만이 폐하께 돌려드릴 수 있는 저의 전부입니다. 장관님께 부탁드립니다만 폐하의 건강과 영광을 기원하는 한 수줍은 시녀의 감사와 충성심을 주달(奏達)해 주십시오.

의전장관 폐하가 보시는 바와 그대로 훌륭한 분이시라는 의견을 틀림없이 폐하께 아뢰겠습니다. (방백) 아무리 자세히 뜯어봐도 미와 덕을 겸비했다. 폐하께서 매혹 당하신 것도 당연해. 반드시 이 부인은 우리 섬나라를 비쳐줄 보석을 생산할 수 있을 거다! — 어전으로 가서 부인을 만나 뵈온 사실을 아뢰겠습니다.

앤 안녕히 가십시오. (의전장관 퇴장)

노부인 어머나 이럴 수가 있담, 이럴 수가! 난 16년 동안이나 궁중에 살면서 머리 숙여 왔는데, 온갖 애를 다 쓰며 하소연을 해왔는데도 여태까지 모든 것이 때가 안 맞아 헛것이었는데, 당신은 말이오, 오 운명이란 얄궂어라! 그런데 당신은 궁정이란 연못에선 신출내기 물고기인데— 원, 기가 막혀, 행운을 왈칵 끌어안게 되다니!— 당신이 입을 벌리지도 않았는데 미끼를 잔뜩 물려주다니.

앤 나도 놀랬어요.

노부인 그래 맛이 어때요? 쓴가요? 아니 40펜스 걸어도 좋아요. 달지요? 옛적에 한 처녀가 있었어요, 이건 옛날 얘기예요. 그 처녀는 왕비가 되는 걸 싫다고 했대요, 이집트의 땅덩이를 모두 준대도 말예요! 그 얘길 아시나요?

앤 어머나, 흥분하였나봐.

노부인 내가 당신 처지라면 종달새보다 더 높이 하늘에 올라갔을 거예요. 펨브로크의 후작부인! 연금 일천 파운드라니, 존경하는 것뿐인데! 아무 의무도 없이요! 틀림없이 금액은 더욱 더 커질 테지. 명예의 뒷자락이란 본디 치마의 앞자락보다 긴 법이니까요. 어떠세요? 이젠 공작부인의 큰짐을 너끈히 짊어질 수 있잖겠어요! 정말 앞서보다 굳건한 자신감이 생겼을 거구.

앤 당신 멋대로 농담을 해도 좋지만 날 끌고 들어가진 말아요. 이 일로 내 마음이 들뜬다면 차라리 없어져버리겠어. 생각만 해도 숨이 막힐 지경인 걸. 왕비께선 울적해 하고 계신데 그만 깜빡 잊고 오랫동안 그분 곁을 떠나 있었다. 방금 들은 얘길 제발 왕비전하껜 말씀 드리지 말아요.

노부인 날 어찌 생각하는 거예요? (두 사람 퇴장)

제4장   런던. 블랙프라이어스의 홀

트럼펫의 취주, 나팔의 신호 소리와 코오넷 취주. 안내인 두
사람이 짧은 은직장을 들고 등장. 그 다음에 법학박사 복장을
한 서기 두 사람이 등장한다. 그 뒤를 이어서 캔터베리 대주
교가 혼자 등장. 그 다음엔 린컨, 일리, 로체스터 및 성 애서
프의 주교들이 등장한다. 다음에 약간의 거리를 두고, 신사
한 사람이 옥새가 든 자루와 추기경의 직모(職帽)를 추켜 받
들고서 등장한다. 그리고는 신부 두 명이 은십자가를 각각 들
고 등장. 다음에는 의전관 한 사람이 모자를 벗어 들고, 직장
을 든 추밀원 수위에 동반되어 등장. 그리고는 신사 두 사람
이 큰 은주(銀柱)를 받들고 등장. 그 뒤를 따라서 두 사람의
추기경이 나란히 서서 등장한다. 그 뒤에는 검과 직장을 든
귀족 두 사람이 그들을 따른다. 왕이 등장하여 옥좌에 앉는
다. 두 사람의 추기경은 그 아래에 있는 재판관의 자리에 앉
는다. 왕비가 등장하여 국왕과는 약간 거리를 두고 앉는다.
주교들은 주교회의 때와 같은 방식으로 법정 안 좌우에 착석
한다. 서기들이 그 아랫자리에 앉는다. 귀족들이 주교들 옆
에 자리를 잡는다. 그 밖의 사람들은 무대 주변에 적당히 서
있다.

월지   로마 교황으로부터 온 훈령을 읽는 동안 일동
정숙히 들어주시기 바랍니다.
왕   그럴 필요는 없소. 이미 널리 포고되어 있고, 읽
혀져 알고 있고, 법률학자들이 승인한 것이니 그런 절
차는 생략하도록 하오.
월지   그럼 그렇게 하겠습니다. 진행하라.

서기 잉글랜드의 헨리왕께 출정하시도록 아뢰어라.

법정의 인명호출관 잉글랜드의 헨리왕, 출정하시랍니다.

왕 여기 와 있소.

서기 잉글랜드의 캐더린 왕비께 출정하시도록 아뢰어라.

법정의 인명호출관 잉글랜드의 캐더린 왕비, 출정을 하시랍니다.

왕비는 이 호출에 응하지 않고, 의자에서 일어나 법정 안을 빙 돌아서 왕 앞으로 가서, 무릎을 꿇고 말문을 연다.

왕비 폐하, 바라옵건대, 소첩을 위해 공명정대한 재판을 해 주시고 자비심을 베풀어주시기 바랍니다. 원래 이 몸은 폐하의 영토가 아닌 타국에서 태어난 의지할 곳 없는 가여운 여자입니다. 이 자리에는 이 몸을 공평무사하게 재판을 진행해 줄 사람이 한 사람도 보이지 않으며, 또한 공정한 우정과 소송절차를 해줄 보증도 없습니다. 비통합니다, 폐하, 이 몸이 무엇을 잘못했습니까? 소첩의 어떤 행실이 불미하여 폐하의 진노를 사서 이렇게 이혼 절차를 밟게 되었으며, 폐하께서 소첩을 멀리 버리시려 하십니까? 하늘이여, 굽어살피소서, 소첩은 여태껏 폐하의 충실하고 어진 아내였습니다. 성의에 거역한 적은 한 번도 없었습니다. 행여나 폐하의 미움을 살까봐 두려워 해왔습니다. 기뻐하실 때나 슬퍼하실 때나, 항상 용안을 살펴 따르곤 했습니다. 소첩이 한 번이라도 폐하의 심기에 거슬린 때가 있었습니까? 또 폐하의 뜻을 소첩의 생각으로 삼지 않았던 때가 있었습니까? 폐하의 친구 분이라면, 비록 그 사람이 소첩의 원수일지라도 호의를 베풀려고 노력하지 않은 적이 있었습니까? 소첩의 친구일지라도 폐하의 노여움을 샀을 땐 우정을 끊지 않았던 적이 있었습니까? 두 번 다시 그 친구를 만나려고 하지 않았습니다. 폐하, 소첩은 이십 년 동안 폐하의 충실한 아내였습니다. 많은 자녀까지 낳아드렸습니다. 그 이십 년이란 긴 세월에 이 명예를 소홀히 하여 폐하의 위엄을 손상시켰거나, 결혼 서약을 깨뜨려 사랑과 의무에 어긋난 짓을 하였는지 그 증거를 들어주신다면 신의 이름으로서 소첩을 내쫓아 주십시오. 입에 담을 수 없는 욕이라도 퍼부으시고 패대기치시고 냉혹한 재판관에게라도 넘겨주십시오. 아뢰옵기 황송하오나 부왕(헨리7세)께서는 사려가 깊으신 현명하신 군주로서 지혜와 판단력이 뛰어나신 분이라는 평판을 받으셨습니다. 소첩의 부친 되는 스페인의 왕 페르디난드 역시 오랫동안 그 나라를 통치한 역대 왕 중에서 가장 현명한 군주로 알려져 있습니다. 우리 결혼은 그러한 두 분이 각국의 현명한 학자들의 충분한 토론을 거치시어 합법적으로 승인되었음은 의심할 여지가 없습니다. 그러하오니 폐하께 간절하게 소청 드리는 것은 스페인에 있는 친지들과 의논해서 그들의 의견을 들어볼 수 있게 여유를 주십사 하는 것입니다. 만약에 그것이 불가능하다면 신의 이름으로 뜻대로 처리하십시오!

월지 (왕비에게) 이 자리엔 왕비전하께서 손수 선택하신 고매한 성직자들이 모여 있습니다. 모두 청렴결백하고 석학이신 분들로 이 나라의 정수들이 이 곳에 모여 왕비전하를 변론하기로 돼있습니다. 그러하오니 희망하신 대로 이 재판을 연기한다 해도 왕비전하의 심기를 안정시키는데도 무익한 일일뿐 아니라 폐하의 불안을 해소케 하는 데도 도움이 되지 않습니다.

캠피어스 (그도 왕비에게) 지금 추기경의 말씀은 매우 지당한 줄로 압니다. 그러하오니 왕비전하, 이 심판을 진행시키시어 지체없이 학자 분들의 변론이 이루어지고 그 내용을 들어보심이 마땅한 줄로 압니다.

왕비 (월지에게) 추기경, 경에게 나는 할 말이 있습니다.

월지 무슨 말씀이신지요, 왕비전하?

왕비 추기경, 나는 지금 울고 싶은 심정이지만 내가 왕비라는 것을 생각하면 또는 오랫동안 왕비라고 꿈을 꾸어 왔는지 모르지만 하여튼 왕녀임에는 틀림없는 일이고, 내 눈물의 방울방울을 불꽃으로 돌려 보이게 할 것이오.

월지 자자, 고정하십시오.

왕비 경이 겸손해지면 그럴 것이오. 아니, 그 전이라도 내가 신의 벌을 두려워한다면 참을 수 있을 것이오. 어쨌든 나는 경이 나의 적이라고 믿고 있어요. 틀림없는 사실이오. 그러니까, 경이 내 재판관이 되는 걸 난 거부하오. 더구나 폐하와 나 사이에 불씨를 당겨 넣은 건 경이지요. 오 하나님, 그 불을 꺼 주소서! 그러니까 다시 말하거니와 내 영혼은 경이 재판관이 되는 걸 분명히 혐오하고 거부하오. 다시 한 번 말하리다. 나는 경이야말로 가장 악의에 찬 적이고 진실과는 전혀 거리가 먼 사람이라고 단언합니다.

월지 분명히 말씀드려, 지금 하신 말씀은 왕비전하답지 않으십니다. 전하께선 언제나 자비심을 가지시고 어지신 기품을 태도에 표시하시며 일반 여성으로선 도저히 바라볼 수 없는 지덕을 가지신 분으로 신은 흠모해왔습니다. 왕비전하께선 신을 무고하고 계십니다. 신은 왕비전하께 아무런 원한도 가지고 있지 않습니다. 또 어떠한 사람에게도 아무런 사념도 품고 있지 않습니다. 신이 오늘까지의 행위나, 앞으로 집행할 일들은 모두가 다 추기경 회의의, 즉 대로마교회의 추기경 회의의 훈령에 의거하여 행한 것입니다. 전하는 신이 분란을 일으켰다고 비난을 하셨습니다만 신은 그걸 부정합니다. 이곳에 폐하께서 납시어 계십니다만, 만약에 지금 신이 아뢰온 말씀이 신의 행위와 모순된다고 하면 폐하께서 처벌하실 겁니다! 왕비전하께서 신의 성실함을 무고하신 만큼 말입니다. 하나 폐하께서 신이 전하의 말씀대로 그런 허언을 한 적이 없다고 인정하시면 신의 누명은 벗겨질 겁니다. 그러하오니 신에 대한 처리는 폐하께 달려 있습니다. 신을 구하는 처리는 왕비전하의 억측을 저지하는 것입니다. 그에 관해서 폐하께서 말씀이 있으시기 전에 왕비전하께서 하신 말씀을 취소하시고, 다시는 그런 말씀을 입에 담지 말아 주시기 바랍니다.

　왕비　추기경, 난 우직한 여자라 경의 교활한 권모술책에 대항할 힘이 없어요. 경은 온순하고 겸손한 듯 말을 하며 제법 온화하고 공손한 성직자처럼 보이려 하지만, 그 마음은 교만과 증오와 불손함으로 가득 차 있어요. 경은 운이 좋아서 폐하의 총애를 한 몸에 받고 있으며, 눈 깜짝할 사이에 높은 벼슬에 올라, 이젠 권력이 있는 귀족들조차 부하로 부릴 만한 위치에 있으며 경의 말씀은 충실한 종 그대로 뭐든지 다 되어가니 멋대로 써먹을 수 있어요. 그러나 난 감히 말하거니와 경은 성직자라기보다도, 자기 개인의 영예를 더 존중히 여기는 사람입니다. 그래서 난 경께서 재판관이 되는 걸 한사코 거부하는 겁니다. 그리고 장내의 여러분 앞에서 나는 이 사건을 로마교황께 호소하여 교황의 재가를 받겠음을 선언합니다. (왕에게 절을 하고, 법정을 떠나려 한다)

　캠피어스　왕비전하께선 당돌하십니다. 사법의 명에 반항하며, 감히 법을 비난하실 뿐 아니라 재판 받기를 업신여기십니다. 이건 상서롭지 못한 일이옵니다. 이대로 퇴정 당하실 것 같습니다.

　왕　왕비를 불러 들이라.

　법정의 인명호출관　잉글랜드의 캐더린 왕비전하, 법정으로 돌아오시라는 분부이옵니다.

의전장관 왕비전하, 돌아오시랍니다.

왕비 (의전장관에게) 상관치 마세요. 이대로 나아가세요. 당신을 부르거든 돌아가세요. 아, 신이여. 보살펴 주소서! 더 이상 참을 수가 없다. 자 어서 가라. 난 머무르지 않겠다. 앞으로 이 일 때문엔 두 번 다시 이런 법정에 출정하지 않을 것이다. (왕비 시종들을 거느리고 퇴장)

왕 케이트, 마음대로 하라. 이 세상에서 그대보다 나은 아내를 가졌다고 자랑하는 자가 있다면 그 자의 말을 곧이 듣지 말아라. 거짓말이 분명하니까. 왕비의 희귀한 천성이 그 부드러운 다정함이 성자와 같은 정숙함이, 아내다운 자제력이 명령을 하면서도 복종하는 점이 또 그 밖의 숭고하고 경건한 부덕이 보이는 것을 살핀다면 당신이야말로 이 세상의 왕비 중에서도 왕비라고 할 것이며 고귀하게 태어났으며 그 고귀함 그대로 훌륭하게 날 섬겨 주었다.

월지 (왕에게) 인자하신 폐하, 황공하오나 삼가 폐하께 간청 올리나이다. 바라옵건대 이곳에 참석한 사람들이 모두 들을 수 있도록 공표해주시옵기 바랍니다― 왜냐하면 신의 명예는 무참하게도 강탈당하고도 몸이 묶여 있는 상태이옵니다. 당장 충분한 보상은 받을 수 없다 할지라도 오명만은 벗겨 주시기 바라나이다― 이 일에 관해서 신이 한 번이라도 폐하께 그런 말씀을 아뢴 일이 있었습니까? 그렇지 않으면 폐하의 성의에 조금이라도 의심이 생기게 할 만한 말씀을 한 번이라도 아뢴 적이 있었습니까? 또는 왕비전하의 고결하신 숙덕에 대해 하나님께 감사는 드렸을지언정 현재의 지위를 손상케 하거나 인격을 훼손시키는 그런 말씀을 아뢴 적이 있었습니까?

왕 추기경, 당신에겐 죄가 있을 리 없소. 명예를 걸고 보증하는 바요. 말할 것도 없겠지만 당신에겐 많은 적이 있소. 사람들은 무턱대고 이유도 모르고 당신을 미워한단 말이오. 마을의 들개 한 놈이 짖어 대면 다른 개들도 따라 짖어 대듯이 말이오. 왕비는 이런 자들에게 선동을 당한 것이오. 당신은 죄가 없소. 이렇게 말해줘도 부족하오? 그럼 더 말하리다. 사실, 당신은 이 사건을 그대로 잠재워두려고 무던히 애썼소. 결코 문제가 거론되지 않도록 하였거나 이따금 문제가 되려는 것을 막으려고 노력한 사람이 아니었소. 이것만은 내 명예를 걸고 추기경의 무고함을 충분히 증언하는 바이오. 그런데 왜 나에 대한 의혹이 일어났느냐 하면 매우 긴 얘기가 될지 모르지만 참고 들어주오. 그 동기는 우선 다음과 같소. 이런 것이니 잘 들어주오. 처음에 나의 양심이 가시에 찔린 듯 고통을 받고 마음이 불안해지고 아프게 된 것은 베이욘 주교의 말씀 가운데 몇 마디였소. 그는 당시 프랑스대사로 오르레앙 공작과 내 딸 메어리와의 결혼문제를 토의하기 위해서 이곳에 와 있었소. 아직도 결정을 보기 전에 그 주교는 결정을 연기하길 요구해 오지 않았겠소. 그리하여 그것을 연기하는 사이에 나의 딸을 적출(嫡出)로 인정해야 하는지 자기 나라 왕에게 문의해야 한다는 것이었소. 내가 미망인인 형수와 결혼했기 때문이오. 이 연기가 내 양심에 깊은 상처를 주었고, 내 속에 파고들어 가슴을 갈기갈기 찢어놓는 고통에 시달리게 하였소. 그리하여 가슴이 짓눌리니 다음에는 갖가지 의혹에 휩싸이게 되고 말았소. 그 중에서 우선 난 하늘의 축복을 받지 못한 사람이 아닌가 하는 생각이 들었소. 혹시나 왕비가 사내아이를 잉태하게 된다면 하늘이 자연에게 명령하여 무덤이 죽은 사람한테 하는 이상의 역할을 왕비의 자궁이 새로운 생명한테 하도록 한 것이 틀림없다고 생각했소. 왕비가 사내아이를 갖게 되면, 태내에서 죽거나 아니면 태어나더라도 바로 죽어버리거나 한단 말이오. 그래서 난 이것이야말로 하늘의 형벌이라 생각하였소. 우리 나라는 이 세상에서 가장 훌륭한 왕자로 하여금 계승되어야 하는 나라이지만, 나의 혈통으로는 이 경사를 도저히 누릴 수 없다고 생각한 거요. 그러니 나의 후계자가 없으면 이 나라가 얼마나 위험에 도사리게 될까 생각되어 가슴 메이는 고민에 시달린 것이오. 이렇게 양심의 거친 파도에 부대끼면서 지금 이 문제의 치료방법을 찾는 이 자리에 겨우 배를 저어 온 것이오. 다시 말하면 나의 양심의 병을 내가 여태껏 중병이라고 고민했고, 치료도 되지 않은 이 병을, 국내의 성직자들과 석학들의 힘으로 고쳐 달라는 생각이오. 린컨 경, 그래서 난 경에게 제일 먼저 은밀히 의논을 했던 것이오. 경은 기억하고 있을 것이오. 처음 이야기할 때 얼마나 고통을 받고 신음으로 진땀을 흘렸는지 말이오.

린컨 잘 기억하고 있습니다, 폐하.

왕 내 얘기가 너무 길었소. 그때 경이 어떻게 대답했는지 경이 직접 말해주오.

린컨 황공하오나 처음엔 이 문제를 들었을 때 어떻게 해야 좋을지 망설였습니다. 문제가 너무나 중대하고 결말이 너무나 두려워서 말입니다. 대담하게 직언(直言)을 아뢸 것을 주저하지 않을 수 없었습니다. 그러나 오늘 집행하고 계신 이 절차를 취하시도록 간청했던 것입니다.

왕 그래서 캔터베리의 대주교, 경에게 의논해서 오늘 이 재판을 열기로 하고 절차를 밟도록 한 것이오. 오늘 출정한 모든 성직자들에게 사전에 양해를 구했을 뿐 아니라 모두에게 양해의 증거를 서명 날인까지 받았던 것이오. 그러니 진행하오. 결코 현숙한 왕비의 부덕을 증오해서 그러는 것이 아니라, 내가 지금 말한 대로 내 양심을 가시처럼 찌르는 고통이 심리를 진행하라는 거요. 나의 결혼이 합법적인 것으로 인정된다면, 왕의 위엄을 걸고 맹세하거니와 과인은 과인의 여생을 기꺼이 캐더린 왕비와 함께 지내려 하오, 이 세상에서 최고의 모범으로서 숭앙 받는 부인 이상으로 더 사랑하면서 말이요.

캠피어스 아뢰옵기 황공하오나 왕비전하께서 궐석이시라. 이 재판은 다른 날로 연기하심이 옳은 듯 사료되옵니다. 그리고 그 동안에 왕비전하께서 교황께 직접 상소하시려고 하시니 이를 중지하시도록 다스려 주시기 바랍니다.

왕　(방백) 추기경들이 날 농락하는구나. 이렇게 꾸물대는 로마식 술책은 딱 질색이다. 박식한 나의 심복 크랜머여, 어서 돌아오너라. 그대가 내 곁에 있으면, 내 마음은 위로가 된다— 폐정을 선언하라. 난 가노라. (등장할 때와 같은 절차로 모두 퇴장)

제 3 막

이것이 인간의 운명이란 말인가. 오늘 희망의
새싹이 돋아 나왔는가 하면 내일은 화사하게 꽃이
피어, 찬란한 영광을 온 몸에 마음껏 누리다가, 사흘
째 되는 날에는 서리가, 그것도 만물을 고사시키는 된서리
가 내려서 본인은 자신만만하여 자기의 권세가 영원히 가리라
고 확신하고 있는 마당에 그 뿌리를 갉아 먹혀버려 나처럼 몰
락해 버리고 만단 말이다. 난 부대(浮帶)를 타고 노는 개구쟁
이처럼, 여러 해 동안 여름을 영광의 바다에서 헤엄치며 놀았
다. 그러나 무모하게도 내 한 길이 넘는 깊은 데까지 갔다.
너무도 부풀어 오른 교만의 부대가 결국 터져 버려 나 혼
자 남았으니 지금은 나의 인생에 지쳐 늙고 쇠약해진 이
몸이 지친 파도에 휩쓸려 영원히 바다 속에 빠져버릴
처지가 됐단 말이다. 이 세상의 허황된 부귀영화여,
난 너희들을 증오한다 -2장 월지의 대사 중에서

제1장 런던. 왕비의 거처

왕비와 그 시녀들, 자수를 놓고 있다.

왕비   애야, 비파를 타거라. 내 마음은 근심 걱정이 가득차있으니 그것을 흐트러버리게 노래를 불러다오. 바느질 일손을 놓고.

노래

오르페우스가 비파를 타면서 노래하면
얼어붙은 산봉우리들도 나무들도
모두 머리 숙여 귀를 기울이네.
가락에 맞춰 푸른 풀잎과 꽃송이도
밝은 햇빛과 풍만한 빗소리에
화사한 봄날처럼 돋아나네.

오르페우스의 노래 소리 들으면
광막한 바다의 사나운 파도도
머리 숙여 조용해지네.
그의 신묘한 가락에
가슴을 메운 근심걱정도
잠에 잠기듯 사라져버리네.

신사 한 사람 등장.

왕비 무슨 일이오!

신사 황송하오나 추기경 두 분께서 배알하시겠다고
합니다.

왕비 날 만나고 싶다구?

신사 그렇게 전해달라고 합니다, 왕비전하.

왕비 들라고 하시오. (신사 퇴장)

왜 날 만나자는 걸까? 은총을 잃은 가련하고 미약한
나를 그 사람들이 만나자는 건 반갑지 않아. 그 사람
들은 선량한 사람일 거다. 옳은 일로 왔는지도 모르겠
다. 그러나 성의(聖衣)가 반드시 성스러운 마음만을
가졌다고는 할 수 없지.

두 사람의 추기경 월지와 캠피어스 등장.

월지 왕비전하, 만수무강 하시옵소서!

왕비 경들이 보다시피 난 지금 주부 노릇을 하고
있어요. 닥쳐올지도 모를 불행에 대비해서 주부 노릇
을 익히려고 하는 거예요. 그건 그렇고, 두 추기경께서
내게 무슨 용건이시오.

월지 황송하오나 왕비전하, 거실로 옮겨 주시면 신
들이 배알한 사유를 상세하게 말씀드리겠습니다.

왕비 여기서 말씀해 주세요. 난 사람들의 눈을 피
할 그런 일을 내 양심에 두고 맹세하지만 해본 적이

없어요. 모든 여성들도 나처럼 솔직하게 딱 잘라서 애기할 수 있었으면 합니다! 두 분, 나는 대중이 내 행동을 어떻게 심리를 하든지, 대중의 눈이 어떻게 관찰을 하든지, 악의나 악평으로 헐뜯어도 전혀 상관없어요. 그만큼 난 오늘까지 공정하게 살아왔음을 자부하니까요. 그만큼 세상의 많은 사람들보다 행복하다고 할 것이지요. 만약에 경들의 용무가 나의 아내로서의 부덕에 관한 질문이라면 사양하지 말고 얼마든지 물어보세요. 진실은 내놓고 판가름되기를 좋아하니까요.

월지 (라틴말로) 탄타 에 에르가 테 멘티스 인테그리타스 레지나 세레니씨마 – (Tanta est erga te mentis integritas, regina serenissima) – (우아함 왕비전하, 신들은 어디까지나 왕비전하께 충성을 바치고자 하옵니다—)

왕비 오, 추기경, 라틴말은 쓰지 마세요. 난 이 나라에 온 후 게으르지 않게 공부하여 영어를 익혀 놨으니까요. 남들이 듣기 이상한 언어로 하시면 내가 더욱 의심을 받게 됩니다. 영어로 말씀해 주세요. 사실을 말씀해주시면 가여운 안주인을 위해서 경들께 감사할 시녀들이 이곳에 몇 사람 있지요. 정말이지 그 여주인은 어처구니없는 죄를 뒤집어쓴 것이니까요. 추기경, 설사 내가 고의로 저지른 죄가 있다할지라도 영어로 말씀 못할 이유는 없을 겁니다.

월지 왕비전하, 충직한 신하로서 폐하와 왕비전하께 오로지 충성만을 바쳐 온 신이 이처럼 크게 불신을 받게 된 것을 심히 유감으로 생각합니다. 신들이 이렇게 배알한 것은 비난의 말씀을 드리고, 온 백성이 흠모하는 왕비전하의 명예를 더럽히거나, 그렇지 않아도 수심에 잠겨 계실 왕비전하께, 더욱 상심을 드리려 하는 건 아니오니다— 우리는 다만 폐하와 왕비전하 사이의 이 중대한 불화를 왕비전하께서 어떻게 생각하고 계신지를 살피어 솔직하고 충직한 신하로서 공정한 소견을 아뢰고, 다소나마 심려를 덜어드릴까 해서 배알한 것입니다.

캠피어스 황공하오나 왕비전하, 요오크 추기경은 본래 성품이 고결한 분이기에, 전하께 대한 열성과 충절심도 대단하여 근자에 비난을 받았습니다만— 좀 심한 것이라고 생각됩니다— 그 일을 깨끗이 잊어버리고 군자답게 화해의 징표로 충언을 아뢰어 충성을 다하려는 것입니다.

왕비 (방백) 날 함정에 처박으려는 거다— 경들이여, 두 분의 호의는 참으로 감사합니다. 두 분의 충절한 말씀대로 마음도 부디 그러하시길 하나님께 빕니다! 나의 명예, 아니 오히려 나의 생명에 관한 중대한 문제니까 나의 천박한 지혜로선 경들처럼 권위 있고 박식한 두 분에게 당장 어떻게 대답을 해야 좋을지 모르겠군요. 두 분께서 이런 용무로 찾아오시리라고는 꿈에도 생각하지 못하고 시녀들과 바느질을 하고 있었던 참이랍니다. 지난날의 제 처지를 보아서— 이것이 나의 권위의 최후의 발작이라고 느끼는 터이니— 경들이여, 잠시 내 문제를 신중히 생각해 볼 시간을 갖게 해 주세요. 아, 난 친구도 없고 희망도 없는 여자예요!

월지 왕비전하, 그렇게 어렵게 생각하시는 건 폐하의 애정에 못을 박는 것이옵니다. 희망도 친구도 한없이 있사옵니다.

왕비 잉글랜드에선 내 편을 들어 줄 사람은 가뭄에 콩 나는 격이지요. 경들, 생각해보세요. 이 나라에서 내게 충고를 해준다거나 또는 폐하의 뜻에 거슬리는 것을 뻔히 알면서도— 비록 물불을 가리지 않고 정직하게 한다 할지라도— 감히 내 친구가 되어서 이 나라 백성으로 목숨이 부지할 수 있다고 생각하시나요? 천만예요, 정말이지 나의 번민을 가려줄, 내가 신뢰할 수 있는 그런 사람들은 이곳엔 없어요. 그런 사람들은 나의 모든 위안과 더불어 이곳에서 멀리 떨어져 있는 나의 고국(스페인)에나 있답니다.

캠피어스 그런 수심은 거두시고 저의 충언을 경청해 주시기 바랍니다.

왕비 어떤 충언인가요?

캠피어스 왕비전하께서 부심하고 계시는 그 문제를 폐하께 맡기시는 것이 옳을 듯 사료됩니다. 폐하께서는 왕비전하를 사랑하시고 계시는 가장 인자하신 분이십니다. 그렇게 하시는 것이 명예를 위해서나, 또 이 사건을 위해서도 훨씬 유리하실 겁니다. 왜냐하면 만약 법의 심문에서 지게 되시면 왕비전하께선 명예롭지 못하게 퇴정하게되시고 말 거니까요.

월지 틀림없이 그렇습니다.

왕비　그것이 두 분의 요망이시군요. 이 몸의 파멸을 권하시는거군요. 이것이 경들의 기독교도다운 충고인가요? 부끄러움을 아셔야 됩니다! 하늘이 굽어보고 계십니다. 하늘에는 왕의 권력으로도 파멸시킬 수 없는 재판관이 계시다구요.

캠피어스　왕비전하께서 너무나 진노하시어 신들을 오해하고 계십니다.

왕비　그렇다면 경들은 더욱 부끄럽게 여겨야 합니다. 난 경들을 진심으로 미덕의 화신, 신의 대리인이라고 생각하였어요. 그러나 이제 와서 보니 죄악의 화신이오, 위선의 뭉치가 아닌가 싶군요. 경들이 부끄러움을 안다면 마음을 바로 가져야죠. 이것이 나에게 주는 위안인가요? 이것이 불행한 여인에게 주는 위안인가요? 당신네들에게서 쫓겨나고, 조소를 받고, 능멸을 당하는 여인에게 말입니다. 난 내 불행의 절반도 당신네들이 가져가기를 원하지 않아요. 경들보다는 내가 자비심을 더 가지고 있으니까. 그러나 경고해 두지요, 조심들 해요. 언젠가는 내 피눈물이 경들 눈에서도 떨어져내릴지도 몰라요.

월지　왕비전하, 그러시다면 정신착란으로밖에 볼 수 없습니다. 신들의 호의를 모조리 원한으로 돌리니.

왕비　경들이야말로 내 간을, 내 모든 것을 빼먹는 자들이오. 이런 사이비 신학자들에게는 재난이 내릴 것이오! 당신들이— 정의감이나 자비심을 갖고 있다면 또 성직자의 허울만 쓰지 않았다면 모르되— 어찌 가

런한 나를 증오하는 왕의 손안에 인도하려고 하는 겁니까? 아, 폐하께선 이미 오래 전부터 나와의 잠자리를 멀리 하셨답니다. 폐하의 은총을 잃어버린 지가 벌써 오래됩니다! 경들, 난 이젠 늙었어요. 폐하에 대하여 가지는 관계는 오로지 충순하게 순종하는 것뿐이지요. 이보다 비참한 일이 어디 또 있겠어요. 이 이상 더한 고통을 경들은 상상이나 할 수 있겠어요?

캠피어스 전하의 심려는 기우에 지나지 않습니다.

왕비 이렇게 긴 세월을 살아오는 동안— 아무리 부덕을 지켜 왔어도 알아주는 사람이 없으니 내가 스스로 말하지 않을 수 없군요— 난 아내로서, 정숙한 아내로서 살아왔어요. 난 허영을 동경하는 일도 없었거니와 누구한테나 혐의의 낙인을 찍히지 않고 살아왔다고 장담할 수 있습니다. 나의 모든 애정을 다 기울여 왕에게 봉사해왔고, 신 다음으로 소중하게 생각하고 순종해왔습니다. 사랑하는 나머지 우상같이 모셨으며, 그분을 만족시키려고 기도까지 잊을 정도였습니다. 그런 나에 대한 보답이 이겁니까? 너무 하십니다. 경들, 남편에게 정숙한 여자로 알려진 사람이 있으면 그 여자를 데려와 보세요. 남편을 기쁘게 하는 그 이상의 기쁨이라고는 꿈에도 생각해보지 못한 열녀를 말입니다. 여자들이 아무리 최선을 다 했다고 하더라도 나를 따라 올 순 없어요. 난 큰 인내라는 미덕을 하나 더 가지고 있으니까요.

월지 왕비전하, 그것은 저희들의 충성심을 인정하지 않으시는 말씀입니다.

왕비   추기경, 난 폐하께서 나와 결혼함으로써 내려
주신 왕비라는 고귀한 칭호를 스스로 버려야 할 그런
죄를 지은 일이 결코 없어요. 내 지위를 **빼앗으려거든**
차라리 이 목숨을 **빼앗으세요.**

월지   소신의 말씀을 들어보세요.

왕비   애당초 난 이 잉글랜드 땅을 밟지 않았어야
했어. 하다못해 이 나라 사람들의 알랑수를 받지 않았
어야 했어! 경들의 얼굴은 천사 같으나, 그 마음은 하
늘이나 아시지 누가 알겠어요! 나의 이 처량한 신세는
장차 어떻게 될 것인가! 이 세상에서 나처럼 불행한
여잔 없을 거야. 아 가엾은 것들, 너희들의 운명은 또
어떻게 될꼬? 이 나라에서 난파한 운명의 배니, 동정
도 없고, 친구들도 없고, 희망도 없고, 울어 줄 친척도
없고, 내 몸뚱이가 안식할 무덤조차 있을 것 같지 않
다! 한때 들판의 여왕으로 자랑스럽게 피어있던 백합
꽃같이 난 목을 떨어뜨리고 시들어 버리고 말 거야.

월지   왕비전하께서 신들의 목적이 충성스러운 것이
라고 바로 알아주신다면 그처럼 한탄하지 않으실 겁니
다. 왕비전하, 신들이 무엇 때문에 왕비전하를 헐뜯고
모욕을 가하겠습니까. 오, 저희들의 지위가, 직업이 그
런 걸 반대하고 있습니다. 신들은 왕비전하의 한탄을
풀어 드리려고 하면 했지 돋구어 드릴 이유가 어디 있
겠습니까? 부디 잘 생각하여 주십시오. 이런 태도를
취하시는 것은 왕비전하 스스로를 해롭게 하시는 일이

며, 폐하와의 사이를 소원해지게 하는 일입니다. 군주
의 마음이란 순종을 몹시 좋아하며 입을 맞출 정도지
만 완고한 고집에는 폭풍같이 무섭게 사나와지십니다.
왕비전하께선 성품이 온순하시며 고결하시고 어진 심
덕을 지니신 분으로 알고 있습니다. 제발 신들이 분명
히 말씀드린 대로 저희들을 평화의 사도이며 전하편의
사람이며 그리고 충실한 하인으로 여겨 주십시오.

캠피어스 왕비전하, 틀림없이 그렇습니다. 궁상맞은
걱정거리를 가지신다는 건 자신의 숙덕을 더럽히는 것
이 됩니다. 전하같이 고결하신 분은 그런 하찮은 의혹
을 품지 마시고, 위조된 주화처럼 내팽개쳐 버리십시
오. 폐하께선 왕비전하를 총애하고 계십니다. 그걸 잃
지 않으시도록 하십시오. 신들을 신임해주시기만 한다
면 최선을 다하여 도움이 되도록 봉공드릴 각오입니다.

왕비 그럼 좋으신 대로 해 주세요. 내가 주책없이
함부로 말을 하였으니 용서하세요. 아시다시피 난 천
박한 여자이니 경들같이 훌륭한 분들에게 어떻게 알맞
은 대답을 해야 할지 몰랐던 것입니다. 폐하께 말씀을
잘 전해 주세요. 내 마음은 아직도 폐하의 것입니다.
살아있는 한 폐하를 위해 기도를 올리겠습니다. 그럼
존경하는 추기경님들께 부탁드리니 충고를 해주세요.
이 땅에 처음 발을 디딜 때 이렇게도 희생을 치르고
나의 명예를 산다고는 꿈엔들 생각하지 못했습니다.
(모두 퇴장)

제2장 런던. 왕궁의 대기실

노포크 공작과 서포크 공작, 서리 백작과 의전장관 등장.

노포크 만약 여러분이 힘을 합하여 불평의 소리를 단호하게 밀치고 나아간다면 추기경인들 감내하지 못할 테지. 그러나 이번 기회를 놓치면 기왕에 당한 굴욕에 더하여 더욱 새로운 치욕을 입게 될 거구.

서리 장인이신 버킹검 공작이 받은 치욕을 생각해서라도 복수만 할 수 있다면 아무리 하찮은 기회일지라도 저에게 주어지기만 한다면 즐겁게 붙잡을 겁니다.

서포크 그 사람에게 모욕을 당하거나 아니 적어도 망측하게 능멸 당하거나 하지 않은 귀족들이 어디 한 사람이라도 있을까요? 그 사람이 자기 이외에 다른 사람을 귀족으로 대우한 적이 있었답니까?

의전장관 경들의 심정은 알았습니다. 우리가 그 사람을 어떻게 보복해야 할 지도 알았습니다. 이제 그 시기가 온 것으로 생각은 됩니다만 그렇다고 바로 손을 쓰는 건 크게 염려스럽습니다. 그 자가 폐하와 가까이 하지 못하게 하면 몰라도 섣불리 손을 대서는 안 될 것입니다. 왜냐하면 그 사람의 혓바닥에는 폐하를 홀리는 마력이 담겨 있다 이 말씀입니다.

노포크 오, 그런 염려는 안 하셔도 좋습니다. 그 사람의 마력은 이젠 맥을 못 쓰게 됐습니다. 폐하께서 그 사람을 증오하실 꼬투리가 생겼으니 그 사람의 벌꿀 같은 언변도 영원히 소용없게 된 거지요. 아니, 이젠 발목이 잡혀 폐하의 진노에서 빠져 나오기는 틀렸습니다.

서리 그런 유쾌한 소식이라면 시간마다 들어도 즐겁겠는걸요.

노포크 틀림없는 사실이지. 폐하의 이혼문제에 대해서 그 사람이 반대 공작을 한 것이 탄로됐답니다. 나의 적으로서 바라마지 않던 그런 정체가 드디어 나타난 것이지요.

서리 어떻게 해서 일이 발각이 됐는가요?

서포크 참으로 희한한 일입니다.

서리 그래요, 어떻게? 어떻게요?

서포크 로마교황에게 보내는 추기경의 밀서가 잘못 전달되어서 폐하의 눈에 띄게 됐답니다. 그 서한에는 교황에게 이혼의 재정(裁定)을 보류해 달라는 청원을 했답니다. 왜냐하면 만약에 이혼하게 되면, 그의 말을 빌리면, "폐하께서는 왕비전하의 시녀인 앤 불린에 홀려 갈등하고 계시니까"라고 했답니다.

서리 폐하께서 그 서한을 읽으셨던가요?

서포크 그렇고 말고요.

서리 잘될 것 같습니까?

의전장관 폐하께선 그 자가 제멋대로 은밀히 방해하고 있다는 걸 알아 채셨습니다. 그래서 그 사람의 책략은 그만 들통나고 말았으며 환자의 사후약방문 격이 되고 만 것이지요. 폐하께서는 이미 그 미인과 결혼을 하셨으니까요.

서리 정말 그렇게 됐으면 얼마나 좋겠어요!

서포크 기뻐하셔도 됩니다! 벌써 그렇게 됐다니까요.

서리 이만저만 기쁘지 않습니다, 경들! 신혼을 축하해야지요!

서포크 나도 축복합니다!

노포크 모두 축복할 겁니다!

서포크 벌써 새 왕비전하의 대관을 준비하라는 분부까지 있었습니다. 그러나 사실 이 일은 새로운 소식인 만큼 아직도 모르는 사람들이 있을 겁니다. 그러나 두 분 경들, 새 왕비는 정말이지 미인이십니다. 심신 공히 나무랄 데 없는 분이십니다. 전 확신할 수 있어요. 그 부인께선 이 나라의 영광이 될 축복되고 기억에 남을 분을 출생하실 거라고 말입니다.

서리 그러나 폐하께선 추기경의 밀서를 그냥 통과시켜 버리지 않을까요? 제발, 그런 일은 없었으면!

노포크 나도 그랬으면 합니다!

서포크 아닙니다, 염려 놓으세요! 폐하의 코끝에는 아직도 많은 벌들이 날아다니고 있으니 찔리면 곧 알아차리시게 됩니다. 캠피어스 추기경은 작별인사도 없이 남몰래 로마로 돌아갔답니다. 폐하의 용건은 해결이 안된 채 그대로 놔두고요. 월지 추기경의 손발이 되어 음모를 도우려 한답니다. 이 소식을 들으신 폐하께선 "흥!" 하며 분노하셨다고 합니다.

의전장관   폐하께서 더욱 진노하시어 큰소리로, "흥, 고얀 것들!"하고 소리를 지르시면 좋겠습니다만!

노포크   그런데 크랜머는 언제 돌아오지요?

서포크   벌써 돌아왔습니다. 모든 기독교국의 유명한 석학들의 찬성을 얻고 자기의 의견서를 가지고 귀국하였습니다. 폐하께선 이혼문제에 대해서 크게 만족하고 계십니다. 그래서 곧 재혼이 공포되며 새 왕비의 대관식이 있을 것입니다. 이젠 캐더린 전하께서는 왕비가 아니시라, 돌아가신 아더 왕자 전하의 미망인이라고만 불리게 될 겁니다.

노포크   그 크랜머란 사람은 쓸모 있는 사람입니다. 이번에 폐하를 위하여 크게 수고를 하였어요.

서포크   그래요, 그 공로로 아마 대주교직을 받을 겁니다.

노포크   그런 말이 들리더군요.

서포크   그게 사실입니다. 추기경이 왔습니다!

월지와 크롬웰 등장.

노포크   (서포크 등에게 방백) 저것 보세요, 저것을. 기분이 좋지 않으시군.

월지   크롬웰, 그 서장이 든 소포를 폐하께 드렸나?

크롬웰   네, 드렸습니다, 침실에서요.

월지   그래, 그 서장을 보시던가?

크롬웰 네, 곧 개봉을 하시고 보시자 마자 깊은 생각에 잠기시더니 심각한 표정을 지으셨습니다. 그리고는 오늘 아침에 각하를 어전으로 나오시도록 전갈하라는 분부가 계셨습니다.

울지 행차하실 채비를 하시던가?

크롬웰 아마 지금쯤은 행차 채비를 다 끝내셨을 겁니다.

울지 잠시 물러가 있게. (크롬웰 퇴장)

(방백) 프랑스 왕의 매씨 알렌숑 공작부인과 결혼을 하셔야 해. 그래야 한다구. 앤 불린 따위와는 안 된다! 앤 불린이 왕에게로 갈 수는 없어. 미색이라도 다 되는 건 아니지. 불린이라니! 어림도 없다. 로마에서 오는 소식을 빨리 듣고 싶다. 펜브로크의 여후작이 대체 무엇이란 말이냐!

노포크 (방백) 불평이 있는 모양이다.

서포크 (방백) 아마 왕이 분노의 칼을 가는 것을 들은 모양이지.

서리 (방백) 하나님이시어, 하나님의 심판을 위해서 폐하께서 몹시 진노하시도록 해 주십시오!

울지 (독백조로) 겨우 왕비의 시녀이고, 기사의 딸에 불과한 주제에 자기 여주인의 여주인이 되다니! 게다가 왕비의 왕비가 되다니! 이런 촛불은 잘 탈 수가 없다. 내가 그 심지를 잘라 버려야지. 그러면 꺼지는 거지. 아무리 정숙하고 아무리 부덕이 있는 여자라고 해도 쇠고집인 루터 신자가 아닌가. 그런 여자가 다루기 힘든 폐하의 품안에 들어간다는 건 우리편에게 바라는 일이 아니야. 거기다가 또 하나의 이단자 크랜머라는 괴물이 튀어나와 어느 사이에 폐하에게 접근해서 호감을 사더니 폐하의 귀에는 신탁처럼 들리고 있다.

노포크 뭔가 번민하고 있는 것 같다.

서리 (방백) 그 번민이 그 자 심장의 동아줄을 토막토막 끊어 버려 주었으면 좋겠다!

왕이 목록을 읽으면서 등장, 러벨이 뒤따른다.

서포크 (방백) 폐하께서 납신다, 폐하께서!

왕 이렇게 많은 재물을 자기 재산으로 쌓아 두다니! 아니 이렇게 재물을 물 쓰듯 했단 말인가! 검소한 척하면서 이렇게까지 착취하면서 긁어모을 수 있단 말인가? (노포크 등을 발견하고) 아 경들, 추기경을 못 보았소?

노포크 폐하, 신들은 아까부터 이곳에서 눈여겨보아 왔습니다. 어쩐지 그의 머리에 기묘한 혼란이 있는 것 같았습니다. 입술을 깨물고, 깜짝 놀란 듯하다가는 별안간 우뚝 서서 땅을 내려다보고, 그리고는 관자놀이에다가 손가락을 얹는다, 종종걸음으로 걷는가 하면, 다시 우뚝 서서, 손으로 가슴을 치고, 갑자기 달을 쳐다보기도 하였습니다. 참으로 기기묘묘한 태도라고 하지 않을 수가 없습니다.

왕 그럴 만도 하겠지. 심중에 난리가 일어났으니까.

실은 오늘 아침에 국사에 관한 서류를 나에게 가져오라고 했는데 받아보니 그 서류 속에서 뜻밖에도 내가 무엇을 본 줄 아오? 그의 재산목록이었소. 아마 우연히 실수로 넣어서 보낸 것 같아. 기록되어있는 것은 그가 소유하고 있는 식기류, 금은보화 보석 등의 재물, 호사한 원단, 가구장식품 등 신하가 재산으로 갖기에 지나치게 값비싼 재물을 상세히 기록한 재산목록이었단 말이오.

노포크 하늘의 뜻이옵니다. 천사가 그 목록을 눈에 띄시도록 서류뭉치 속에다 끼어 넣어 폐하께서 보셨을 겁니다.

왕 저 사람이 저렇게 깊은 생각에 잠겨 있는 것이 속세가 아닌 영적인 것이라면 방해하지 않는 것이 좋겠지만, 저 사람은 필경 지상을 헤매고 생각할 가치도 없는 속된 일에 번뇌하고 있음이 분명하렸다.

왕이 자리에 앉는다. 그리고 러벨에게 뭐라고 속삭인다. 러벨, 추기경에게 간다.

월지 하늘이시어, 용서해 주소서! 신이 항상 폐하를 지켜 주소서!

왕 추기경, 당신은 천사처럼 신성한 존재이며, 마음속엔 미덕의 목록만 간직하고 있으렸다. 지금도 당신은 그 마음속으로 그걸 읽고 있을 테지. 정신적인 명상에 잠겨 있으니 세속적인 처사에 관여할 시간은 잠시도 없을 거구. 그러니 집안 살림에는 서투르다고 해야겠지. 그 점에선 당신과 나는 동격이라, 내게 친구가 생겨서 기쁘오.

월지 폐하, 황공합니다만 신은 성직자로서 일하는 시간도 있지만, 국사를 맡아하는 일을 생각하는 시간도 있습니다. 그리고 또, 자연히 인생을 살아가는데도 시간을 필요로 합니다. 신은 약질의 인간인 이상 이 세상의 형제들처럼 다소 휴식을 취하지 않을 수 없습니다.

왕 참 말 잘 했소.

월지 아뢰온 말씀대로 실행도 할 결심으로 노력하오니 폐하께서 아무쪼록 신의 충성을 인정해 주시기 바라옵니다!

왕 참으로 지당한 말이오. 좋은 말이란 좋은 행동의 일종이오. 그러나 말 자체는 행동은 아니렷다. 나의 선친이신 선왕께선 당신을 사랑하시었소. 그분께서 그런 말씀을 하셨고, 또 행동으로서도 영광을 당신에게 내려 주시었소. 내가 집정한 이래 당신을 내 가장 가까운 심복으로 여기고 큰 이익을 얻을 수 있는 벼슬에 앉혔을 뿐 아니라, 내가 소유한 것을 나누어주면서까지 당신에게 은전을 베풀어왔던 것이오.

월지 (방백) 왜 저런 말씀을 하실까!

서리 (방백) 하나님이시어, 이 사건이 더 커지게 하소서!

왕 난 당신을 이 나라의 제일인자로 해주었소. 내가 한 말이 사실이라고 인정한다면 그렇다고 말해보오. 그리고 내 말을 인정한다면 나에게 은혜를 입었다고 생각하는지 어떤지 대답해주오. 어떻소?

월지 폐하, 허구헌날 자애로운 비처럼 내리시는 폐하의 은혜는 신이 아무리 노력을 해도 아니 어떤 인간이 전력을 다해도 다다를 수 없는 것으로서 하해와 같사옵니다. 신의 충성은 신이 원하는 바의 절반도 못 미쳤습니다만 그러나 전력을 다해 왔습니다. 신의 목적은 오직 폐하의 안강(安康)과 사직의 이익을 위하는 데 있었습니다. 불초 신에게 내리신 폐하의 은총은 감사의 충성으로 보은하는 길밖에 없사옵고, 폐하를 위해 하나님께 기도하는 외에는 없습니다. 죽음이라는 인생의 겨울을 맞이할 순간까지 과거도 그랬거니와 앞으로도 더 한층 충성을 다할 생각입니다.

왕 훌륭한 대답이오. 충성심이 있고 공손한 신하라는 건 그것으로 설명이 되었소. 충성스런 행동에는 명예가 가장 큰 보상일 것이오. 그와 반대로 불충한 짓에는 오명이 가장 큰 벌이 될 것이오. 당신에게는 누구보다도 내 손으로 은혜를 베풀었고, 총애도 했으며, 내 권력으로 그 많은 영예도 퍼부어 주었소. 그러니 당신은 누구보다도 나에게 의무로서의 충성을 다하는 것은 물론이거니와 특별한 애정의 심사로 당신의 손도, 마음도, 두뇌도, 아니 당신이 갖는 모든 기능의 전력을 기울여 당신의 친구인 나를 보필해 주는 것이 당연하리라 생각하오.

월지　신은 신 자신보다도 늘 폐하를 위해서　노력해 왔습니다. 과거와 현재도 그리고 미래도 통틀어서— 온 세상 사람들이 폐하에 대한 신하의 의무를 다하지 않고 마음으로부터 배반할지라도, 상상해 볼 수 있는 최대의 위험이 고개를 들고 무서운 형태로 나타나서 몰려올지라도— 신의 충성심은 사나운 탁류를 의연히 맞부딪치고 있는 바위처럼 목숨 바쳐 폐하를 지켜 드리겠습니다.

왕　참으로 훌륭한 말이오. 경들은 모두 잘 들었을 것이오, 흉금을 털어놓은 저 사람의 충성심을 잘 들었을 거요. (서류를 월지에게 준다) 이것을 읽어보오. 그리고 이것을 읽고나서도 시장기가 들거든, 조반이나 들도록 하라! (왕 가시 돋친 눈살을 월지에게 주면서 퇴장. 귀족들은 미소를 띠며 서로 속삭이면서 왕의 뒤를 따라 퇴장)

월지　어찌된 심판이냐? 왜 갑자기 역정을 내시는 거지? 내가 무슨 짓을 했다구? 마치 두 눈에서 파멸이 튀어나오는 듯이 날 무섭게 노려보고 자리를 뜨셨다. 성난 사자가 상처를 입힌 포수를 쏘아보면, 그 포수의 생명은 끝장이다. 우선 이 서류를 읽어 봐야지. 이것이 노여움을 산 원인이다. 이것이 그렇다! 이 서류가 내 신세를 망쳐놨다. 이것은 그 동안 내가 긁어모은 재산 목록이 아닌가! 교황의 지위를 얻으려고 로마에 있는 나의 당원들에게 뿌리려고 축재해놓은 거다. 아니, 부주의도 분수가 있지, 바보가 굴속에 빠져들기 꼭 알맞은 짓이구나! 어떤 앙칼스런 악마가 나로 하여금 왕에게 가는 서류보따리 속에다 이 극비문서를 넣게 했단 말이냐! 이 사태를 수습할 묘수는 없을까? 왕의 두뇌에서 이것을 내쫓아버릴 새로운 묘안 말이다. 틀림없이 이것이 왕을 격분시켰을 거다. 그러나 방법이 전혀 없지는 않다. 그것이 제대로 들어맞는다면 이 액운을 벗어날 수 있을 게다. 그런데 이건 무엇이냐? "교황에게라!" 이 서장은 모든 사연을 내가 자세하게 적어 교황에게 올린 게 아닌가. 이것도 읽으셨으니 그렇다면 다 끝났구나! 나는 이제 권세의 최고 정점에까지 도달하였는데 앞으로는 그 영광의 자오선(子午線)으로부터 지평을 향해 곤두박질을 하고 있구나. 밤하늘에 사라지는 유성처럼 떨어져 아주 없어져 버리고 말 것이다.

　　노포크 공작, 서포크 공작, 서리 백작과 의전장관이 등장하여
　　월지에게로 다가선다.

노포크　추기경, 어명을 전합니다. 즉시 옥새를 우리에게 돌려주고, 당신께서는 다시 분부가 있을 때까지 윈체스터 경의 공관, 앳셔관에 칩거해 있으라는 엄명입니다.
월지　잠깐, 폐하의 위임장이 있는가? 경들, 이런 중대한 권한을 말만으로 행사할 순 없을 것이오.
서포크　폐하께서 구두로 엄명하셨는데 감히 어명을 거역하고자 하오?

월지 이런 짓을 실행하려는 당신네들의 뜻과 말인 즉— 악의라는 뜻이오— 그 이상의 것이 명백히 되지 않는 동안에는 참견 잘하는 경들이여, 나는 감히 거역 하리다. 내 이제 알았소, 당신네들의 심성이 얼마나 비 열하게 생겨먹었고— 간악한가를! 당신네들은 집요하 게 내 치욕을 추구해 왔고 당신들은 그것으로 먹고살 겠다고 아우성을 치지! 날 파멸케 하는 것들을 볼 때 마다 신이 나서 얼마나 좋았을까! 간사한 비열함과 악 의에 찬 인간의 꼴을 실컷 본받으시오. 그야 기독교가 보장해 준 것이니까. 그러나 조만 간에 반드시 응분의 보상을 받게 될 것이오. 옥새를 무턱대고 내놓으라고 하지만 그건 나나 당신네 왕께서 관직과 작위와 함께 손수 내게 맡긴 거요. 평생동안 그 명예를 누리라고 말씀하셨고, 폐하의 그 은혜로운 어명의 확증으로 특 혜의 공문서까지 붙여서 주신 것이오. 누가 감히 그것 을 빼앗겠단 말인가?

서리 그것을 맡기신 폐하께서다.

월지 그렇다면 폐하께 직접 돌려 드린다.

서리 오만한 신부, 당신은 반역자요.

월지 거만한 귀족, 당신은 거짓말쟁이요. 야, 서리, 그런 말을 지껄이는 혓바닥이라면 40시간 안에 그 혓 바닥을 태워버렸어야 했다.

서리 너의 야욕 때문에, 붉은 성직 옷을 입은 너의 음모 때문에 나의 장인이신 고귀한 버킹검 공은 이 나 라 백성들의 통곡 속에 세상을 뜨셨다. 추기경 전원의 모가지를 너와 그 한패거리인 자들과 한 두름으로 엮어 놓아도 그분의 머리 하나만한 무게도 안될 거다. 고약한 너의 음모라! 날 아일랜드의 총독으로 보내놓고, 나를 원조해 주는 장인으로부터 그리고 폐하로부터도 또 네가 뒤집어씌운 그분의 죄상을 동정하고, 구원하려는 모든 사람들로부터 날 멀리 있게 해 놓고, 선의와 자비를 베푼다고 도끼질 한 대에 장인을 그 죄로부터 해방시켜드리지 않았느냐?

월지 이 수다쟁이 백작이 이 모든 죄악을 내게 뒤집어씌우는데, 그건 당치도 않은 거짓말이다. 공작의 죄는 국법에 의하여 당연하게 처형된 것이다. 그 분의 죽음이 나 개인의 원한과는 아무런 관계도 없다는 건 당시의 배심원 여러분과 또한 악랄한 그 사건이 증명하고도 남는다. 내가 수다떠는 것을 좋아한다면, 서리경 당신은 명예도, 정직성도 없는 사람이라고 쏘아 줬을 거다. 나의 영원한 군주이신 폐하께 충성스럽고 성실한 점으로 말한다면 서리나 그의 못난 짓에 동조하는 패거리들 따위하고는 아예 비교도 안 되는 나다.

서리 맹세컨대 이 고약한 신부, 네가 성직자의 장의를 입었으니 다행이다. 너를 보호해 주니. 그렇지 않았다면 분명 이 검 끝이 피로 물들었을 거다. 경들께선 이런 방약무도한 소리를 듣고도 참고만 계십니까? 이 자가 지껄인 소릴 듣고 말이에요? 우리가 이런 붉은 옷자락한테 이렇게 휘둘리어 살아간다면 차라리 귀족의 체통을 패대기쳐버려라! 추기경 각하의 뜻에 맞쳐 허수아비에게 겁먹은 참새처럼 추기경의 붉은 모자에 오금을 못쓰는 게 낫다.

윌지   어떠한 선의라도 당신 밥통에는 독약으로만 여겨지는군.

서리   그렇지. 독약이구 말구. 나라의 모든 재물을 강탈하여 한 곳으로, 바로 너의 손안에 긁어모은 선의야말로 독약이지. 추기경, 듣거라. 왕명에 거역하여 교황에게 밀서를 써서 보내려다 압수된 그 서찰 보따리야말로 모진 독약이지. 너의 선의라는 것이 모두 날 역겹게 하는 것이니 독약임에 틀림없다. 노포크 경. 경께선 진실로 고귀한 분이십니다. 사회 복지를 존중하시고 짓밟힌 우리 귀족들의 처지를 염려하시니 저 사람이 살아 있으면 우리 자손은 귀족체면도 유지하기가 어렵게 될 것인즉 경께서는 우리들의 자손을 생각하시는 분이신지라 저 사람이 저지른 죄악을 조목조목 낱낱이 보여 주십시오. 추기경이 듣게 되면 소스라치게 놀랄 거다. 거무튀튀한 갈보를 껴안고 키스를 하는데 미사의 종소리를 들은 것 이상으로 생각케 하니 말이다.

윌지   (노포크 등을 돌아보고) 내가 자비를 맡고 있는 직책에 있지 않다면 이런 자에게는 침이라도 뱉어 주고 싶다!

노포크   그 목록은 폐하의 수중에 있다. 그러나 부정한 죄악의 조목이라는 것만은 말할 수 있다.

윌지   오히려 잘 된 일이오. 폐하께서 나의 충직함을 아시게 된다면 나의 결백함이 백일하에 더욱 더 밝혀질 것이니.

서리　천만의 말씀, 발뺌을 해도 소용없다. 고맙게도 내 기억력이 좋아서 그 조목을 몇 가지 알고 있으니 들려주겠다. 그 말을 듣고 얼굴을 붉히며 "죄를 뉘우칩니다" 하고 자백한다면 추기경, 당신에게 조금은 정직한 데가 있다고 말할 수 있지.

월지　말해 봐라, 난 아무리 비난을 받아도 끄덕도 하지 않는다. 만약에 내가 얼굴을 붉힌다면 귀족이 체통 없이 노는 꼴을 보게 되니 창피해서 그러는 거지.

서리　목을 버리는 것보다야 체면을 버리는 것이 날거다. 자 들어보아라! 첫째, 폐하의 윤허도 없이 보고도 안 드리고 획책하여 로마교황의 대리인이 되어, 그 권력을 악용하여 이 나라의 주교들의 모든 권리를 관할하는 권한을 뭉게버린 것이다.

노포크　둘째, 로마 또는 외국의 군주에게 서신을 보내는데 당신은 "본인 및 나의 군왕(Ego et Rex meus)"이라고 항상 기록하였으니 이것은 무엄하게도 왕을 자기의 신하 취급한 행실이다.

서포크　셋째, 당신은 왕에게도 추밀원에도 보고 드리지 않고 찰스 황제에게 특사로 갔을 때, 당신은 당돌하게도 플랜더스까지 옥새를 가지고 갔다.

서리　넷째, 또 어명도 없이 정부의 승인도 받지 않고 그레거리 드 캬세이도에게 과대한 권한을 멋대로 위임해 이 나라의 폐하와 이탈리아의 페라라 공작간의 조약을 체결하게 하였다.

서포크 다섯째, 오직 야심 하나로 왕의 주화(鑄貨)에다 자기의 모자 모습을 새겨 넣게 하였다.

서리 여섯째, 헤아릴 수 없는 많은 재화를— 무슨 수단으로 그렇게도 많이 긁어모았는지는 본인의 양심에 맡겨야겠지만— 로마 교황에게 보내어 자기의 영달의 길을 꾀하였다. 그 때문에 우리 나라 국토는 피폐할 대로 피폐해졌다. 그밖에도 많지만 모두 추악한 것뿐이니 내 입이 더러워질까봐 그만두겠다.

의전장관 오 백작! 쓰러지는 자를 너무 짓누르지 마세요! 그것이 인간의 덕입니다. 그의 죄는 국법으로 다스리게 되어 있으니까요. 징벌은 법에 맡기시고 경은 가만히 계십시오. 거들먹거리고 큰소리치던 사람이 저토록 주눅이 들고 오갈이 든 걸 보니 너무나 불쌍해 눈물이 나올 지경이군요.

서리 나도 용서하리다.

서포크 (월지에게) 추기경, 왕명이 또 있다— 경이 최근에 교황의 대리자로서의 권한을 가지고 이 왕국에서 행한 모든 일들은 왕을 업신여기는 왕권모욕죄에 해당되므로— 국법에 의하여 모든 동산, 소유지와 임대가옥 그리고 가재도구 등, 기타 재산 일체를 몰수하는 바이며 그리고 당신의 신변은 왕이 보호하는 데서 제척(除斥)되는 것으로 하라는 어명이오. 이상이오.

노포크 그럼 우리는 실례하니 귀하는 앞으로 살아갈 방법을 잘 생각하라. 옥새를 우리에게 내주지 않겠다는 완고한 답변을 폐하께 전달하리다. 모름지기 폐하께선 고맙게 여기실 거요. 그럼 잘 있거라. 소 추기경. (월지만 남고 모두 퇴장)

　　월지 　잘들 가라, 경애하는 소 귀족들. 나의 모든 부귀영화와도 영영 작별이다! 이것이 인간의 운명이란 말인가. 오늘 희망의 새싹이 돋아 나왔는가 하면 내일은 화사하게 꽃이 피어, 찬란한 영광을 온 몸에 마음껏 누리다가, 사흘째 되는 날에는 서리가, 그것도 만물을 고사시키는 된서리가 내려서 본인은 자신만만하여 자기의 권세가 영원히 가리라고 확신하고 있는 마당에 그 뿌리를 갉아 먹혀버려 나처럼 몰락해 버리고 만단 말이다. 난 부대(浮帶)를 타고 노는 개구쟁이처럼, 여러 해 동안 여름을 영광의 바다에서 헤엄치며 놀았다. 그러나 무모하게도 내 한 길이 넘는 깊은 데까지 갔다. 너무도 부풀어 오른 교만의 부대가 결국 터져 버려 나 혼자 남았으니 지금은 나의 인생에 지쳐 늙고 쇠약해진 이 몸이 지친 파도에 휩쓸려 영원히 바다 속에 빠져버릴 처지가 됐단 말이다. 이 세상의 허황된 부귀영화여, 난 너희들을 증오한다! 이제 내 마음은 활짝 열리고 있다. 오 왕족의 총애를 받겠다고 매달려 사는 인간이란 얼마나 불쌍한가! 우리가 열망하는 왕족들의 미소, 그 화려한 안색과 그들이 내리는 파멸 사이에는 전쟁이나 여자가 주는 그 이상의 고통과 공포가 있다. 그래서 한 번 몰락하면 지옥에 떨어지는 마왕처럼 두 번 다시 부활의 희망조차 없단 말이다.

크롬웰이 등장. 망연자실(茫然自失)하여 서 있다.

아니 웬 일이냐? 크롬웰!

크롬웰 말씀드릴 기력조차 없습니다.

월지 아니, 내 불행함을 보고 놀랜 건가? 너는 위대한 인간의 몰락을 보고 놀래는가? 아니지, 너 울고 있구나. 난 정말 망하고 마는구나.

크롬웰 기분은 어떠십니까?

월지 괜찮아, 크롬웰, 정말 이렇게 행복해 보기는 처음이다. 이제서야 난 나 자신을 깨달았다. 이 세상의 어떠한 권세와도 바꿀 수 없는 마음의 평화를 느끼고 있다. 양심의 평온을 말이야. 폐하께서 구제해 주셨으니 진심으로 감사를 올려야 해. 이 두 어깨에서, 이 썩은 기둥에서 폐하께선 날 불쌍히 여기시어 함대라도 침몰시킬만한 무거운 짐을, 즉 너무도 많은 명예를 덜어주셨다. 명예란 무거운 짐이야. 크롬웰, 지나치게 무거운 짐을 어깨에 진 사람은 천당에 가려고 해도 허사란 말이다!

크롬웰 나리, 불운을 전화위복으로 만드셨으니 참으로 기쁩니다.

월지 그렇게 하려네. 이제 난 각오도 섰고, 소심한 나의 적들이 제 아무리 많고 무서운 재난을 내게 안겨주더라도 이젠 태연히 견디어 나갈 것 같다. 그래 소문은 어떠한가?

크롬웰 가장 기막히고 흉악한 소문은 각하께서 폐하의 눈밖에 나셨다는 겁니다.

윌지 아, 만수무강하소서!

크롬웰 그 다음 소문은 토마스 모어 경이 추기경 대신으로 대법관으로 선임되셨다는 겁니다.

윌지 좀 돌발적이긴 하지만 그 사람도 고명한 학자지. 제발 오래오래 폐하의 총애를 받고, 진실을 위하고 양심에 부끄럼 없게 법관의 직책을 다하길 바랄 뿐이다. 생을 다 마치고 축복을 받으며 영면하게 될 때 아무쪼록 그의 유골이 묻히는 무덤 위에 고아들의 감사하는 눈물이 뿌려지도록! 그 외에는?

크롬웰 크랜머 경이 환영 속에 귀국하시어 캔터베리의 대주교직에 취임하셨답니다.

윌지 그것도 희한한 소식이다.

크롬웰 끝으로 폐하께서 오래 전에 은밀히 맞이하신 앤 불린님이 오늘 정식으로 비로소 예배당으로 행차하셨습니다. 시중에서는 대관식에 관한 얘기로 들끓고 있습니다.

윌지 바로 그것이 날 거꾸러뜨린 족쇄다. 오 크롬웰, 폐하께선 나보다 한발 앞서 가셨어. 나의 모든 영광은 그 한 여자 때문에 영원히 잃고 말았다. 나의 벼슬자리를 지켜줄 태양은 다시는 비쳐 주지 않을 것이다. 따라서 나의 미소를 고대하던 귀족들의 무리들도 다시는 나의 곁에 오지 않으리라. 크롬웰, 나한테서 떠나게. 난 가련한 물락자야, 너의 상관이며 주인이 될 자격이 없다. 폐하를 배알하는 것이 좋겠어. 저 태양은 영원히 저물지 않을 거야! 찾아가게, 네가 충실하다는 건 일찍이 폐하께 말씀드려 놓았으니 중용해 주실 테니. 나를 조금이라도 생각해 주신다면 천성이 고매하신 분이니까— 쓸모 있는 자네를 썩히지는 않을 걸세. 크롬웰, 그 분에게 충성을 다 하게. 이 기회를 놓치지 말고 앞날의 안전을 꾀하도록 해요.

크롬웰 오 나리, 그러면 나리 곁을 떠나야만 됩니까? 이렇게 착하시고 고귀하시고 진실한 주인을 버리고 가야만 하나요? 무쇠 심장을 갖지 않은 사람이라면 모두 증인이 되어 주십시오, 이 크롬웰은 슬픈 마음으로 나리와 헤어집니다. 전 충성을 다하여 폐하를 모시겠습니다만 언제까지나 나리를 위해서 기도 올리겠습니다.

월지 (눈물을 닦으며) 크롬웰, 난 아무리 불행에 부닥쳐도 눈물을 흘리리라고는 생각하지 않았네. 그러나 너의 진심에 깊이 감동되어 여자처럼 눈시울을 적시고 말았어. 자 눈물을 거두지. 크롬웰, 내 말을 좀 더 들어주게. 사람들이 날 잊어버리거든 머잖아 잊어버리게 될 것이다만, 내가 무겁고 차디찬 대리석 무덤 속에서 잠자게 되면 그때엔 아무도 내 소문을 일삼는 사람이 없을 것이다. 으음, 그렇게 되면 내가 너를 이렇게 인도하였다고 말해 주게. 이 월지는 한때 영광의 길을 걸어 명예란 바다의 깊고 얕은 곳곳을 살펴왔었는데, 난파를 당하여 자기는 확실하고 안전한 출세의 길을 찾지 못했지만 너에게는 이렇게 가르쳐 주었다고 말야.

즉 나의 몰락을, 내가 파멸하게 된 까닭을 가슴에 새겨 두게. 크롬웰, 자네에게 부탁이니 야심을 버려야 하네! 그 죄로 천사들도 타락한다고 하지. 하물며 인간이, 조물주의 초상에 불과한 인간이 어떻게 야심을 갖고 성공하길 바라겠는가? 자기를 사랑하는 건 마지막으로 돌리고, 자기를 미워하는 자들을 소중히 위해 줘야 하네. 타락한 부정은 도저히 정의를 이길 수가 없어. 항상 오른손에 관대한 평화를 지니면 악의에 찬 독설도 침묵하게 되네. 겁내지 말고, 정의를 지키게. 자네가 목적하는 모든 일은 오로지 나라를 위하고 신을 위하고 진실을 위해서 바치도록 하게. 그러고도 몰락한다면 오, 크롬웰, 넌 축복 받을 순교자로 쓰러지는 거다! 폐하를 충성껏 받들어 모시게. 그리고 날 안으로 안내해 주구. 내가 가진 전 재산을 한푼도 남김없이 목록으로 만들어주게. 모두 폐하의 것이니까. 내 것이라곤 내가 입은 옷과 하늘에 대한 성실한 마음뿐이네. 오 크롬웰, 크롬웰! 내가 폐하를 섬겼던 충성의 절반만큼이라도 하나님한테 바쳤더라면, 하나님께선 이 늙은 나이에 날 알몸으로 적에게 내던지시지는 않았을 거야.

크롬웰 나리, 참으세요, 제발.

월지 참고 있네. 궁정의 희망이어, 잘 있거라! 이제 나의 희망은 천상에 있느니라. (두 사람 퇴장)

제 4 막

전하, 인간의 나쁜 짓은 황동에
새겨진 글자처럼 영구히 남지만, 선행이란
물에다 쓰는 글자처럼 이내 없어지고 맙니다. 그분의
선행을 말씀 드리고 싶은데 들어주시겠습니까?
-2장 그리피스의 대사 중에서

제1장 웨스트민스터의 거리

신사 두 사람이 좌우로 등장해서 만난다.

신사1 또 만났어.

신사2 정말 그러네.

신사1 이곳에 온 것은 앤 불린님이 대관식을 마치고 지나시는 것을 보려고 하는 거겠지?

신사2 순전히 그 때문이야. 지난번에 우리가 만난 것은 버킹검 공작께서 판결을 받고 돌아가실 때였구.

신사1 맞아, 그때는 슬픔에 잠겼었지만 오늘은 모두 기쁜 표정이군.

신사2 좋은 일이야. 정말이지 시민들은 충성심을 보이려고 야단들이지― 한 마디로 말해서 매우 열성이 있다고 할까― 오늘을 경축하기 위해 볼거리라든가 갖가지 화려한 수레라든가 축제의 행렬을 할 작정이지.

신사1 여태껏 이렇게 성대하고 이처럼 경축 기분에 들뜬 적도 없어.

신사2 실례되는 줄 알지만 손에 든 서류가 무엇인지 물어도 될까?

신사1 아, 이건 대관식 관례에 따라 오늘 일을 맡아볼 사람들의 명단이지. 첫 번째로 서포크 공작이 대관식의 주무를 맡을 총무장관이고, 그 다음에 노포크 공작이 전례(典禮)를 맡을 장관을 맡게 되는구나. 그 밖의 것은 손수 읽으라구.

신사2 암, 그 관례에 관해서는 나도 알고 있으니까 읽어 볼 것까지는 없지. 그런데 캐더린 전 왕비께서는 어떻게 되셨나? 어떻게 소일하고 계신지 아나?

신사1 그거라면 나도 알 수 있다. 캔터베리 대주교가 동료인 학식 높은 수많은 신부들과 함께 미망인이 계신 암트힐로부터 6마일쯤 떨어져 있는 단스타블에서 재판을 열었다지 뭔가. 그 사람들이 그곳으로 전 왕비를 수차 소환했으나 끝내 출두하지 않으셨대. 그래서 결국 출두 거부와 폐하의 불안하심을 배려하여 앞서 말한 성직자들이 전원 찬성하여 이혼이 결정되었네. 따라서 지난 결혼은 무효가 되었구. 그후 그분께서는 킴블턴으로 옮겨가셨고 지금은 그곳에서 병환 중에 계시다는 거야.

신사 2 거 참 좋은 분이신데 안 됐군!

트럼펫의 화려한 취주.

트럼펫소리가 난다. 가까이 가 보자. 왕비전하께서 오실 거다.

오보에의 취주

「대관식 행렬의 순서」

124

1. 화려한 트럼펫 취주.

2. 판사 두 사람.

3. 대법관이 옥새낭과 직표(職標)를 앞세우고.

4. 소년성가대가 노래를 부르며. 주악대.

5. 런던 시장이 직표를 들고. 그리고 가아터 훈위(勳位)의 문장관이 문장이 박힌 기사복을 입고. 머리에는 도금한 동제관을 쓰고.

6. 도셋 후작이 금제 직장(職杖)을 들고 머리에는 작은 금제관을 쓰고. 그와 함께 서리 백작이 비둘기가 달린 은장(銀杖)을 들고 백작의 관을 쓰고. S자 연결의 장식목걸이를 걸고.

7. 서포크 공작이 예복을 입고. 작은 관을 머리에 쓰고. 당일의 주무장관으로서 길고 흰 직장을 들었다. 그와 함께 노포크 공작은 의전장관의 장대를 가지고 머리에는 관. S자 연결의 목거리.

8. 남동 연안의 5개항을 대표하는 네 명이 받든 천개(天蓋). 그 천개 밑에 예복을 입은 새 왕비. 머리를 진주로 소담하게 장식하고 그 위에 금관을 얹고 왕비 좌우에는 런던과 윈체스터의 두 주교들.

9. 노포크의 노 공작부인은 꽃으로 장식한 금관을 쓰고. 왕비의 긴치마 끝을 들고 따른다.

10. 몇몇 귀부인들. 즉 백작부인들은 꽃을 달지 않은 소박한 장식고리를 머리에 둘렀다.

이상의 행렬은 질서 있고 당당하게 무대를 통과한다. 우렁찬

트럼펫의 화려한 취주.

필시 새 왕비의 행렬일 거다. 저분들을 알겠는데, 저기 왕홀을 든 사람은 누구지?

신사1 도셋 후작이지. 그 옆에 은장을 든 사람이 서리 백작이고.

신사2 대담하고 용맹스런 분이군. 저분이 서포크 공작인가?

신사1 맞아. 대관식의 주무장관이오.

신사2 그리고 저분이 노포크 공작인가?

신사1 맞아.

신사2 (왕비를 보고) 하늘의 축복이 내리소서! 이 사람은 저렇게 아름다운 분은 처음 본다. 그래, 정말 천사요. 폐하께선 인도 전체를 손아귀에 쥔 셈이야. 아니, 그 이상으로 유복한 거다. 그 부인을 품에 안으실 땐 말야. 이혼하실 생각을 하신 것도 무리가 아니라구.

신사1 왕비전하 머리 위에 천개를 받들고 있는 사람들이 다섯 항구를 대표하는 네 분 남작들이겠다.

신사2 그분들 참 부럽군요. 왕비전하 곁에 있는 모든 사람들도 얼마나 행복할까. 새 왕비의 치맛자락을 받들어 들고 가는 부인이, 노포크 노 공작부인이시지.

신사1 그래, 그 밖의 귀부인들은 다 백작부인들이시다.

신사2 그분들의 금관을 보면 알 수 있다. 정말 찬란한 별들이다. 바람둥이인 별들도 있지만.

신사1 그만해두지. (행렬이 다 지나간다)

신사 3 등장.

잘 있었나! 어딜 그렇게 몸이 달아 다니나?
신사3 성당에서 오는 길이야. 입추의 여지없이 사람들이 붐볐어. 군중이 기뻐서 환호소리를 지르니 숨이 막혀 질식할 뻔했다니까.
신사2 식을 보았나?
신사3 물론 보았지.
신사1 어떻던가?
신사3 볼만하고도 남지.
신사2 그렇군, 얘기라도 좀 해 주게.
신사3 가능한 한 잘 얘기해 주지. 귀족과 귀부인들이 화려한 물줄기를 이루고서 성가대가 있는 좌석에까지 왕비를 안내하고선 썰물처럼 멀찌감치 물러 나갔지. 왕비전하께서는 잠시 약 반시간 가량 화려한 옥좌에 앉아 쉬고 계셨지만 사람들의 눈길이 그 아리따운 모습에 아낌없이 꽂히도록 해주셨다네. 아, 정말이지 그렇게도 아름다운 신부는 이 세상에 다시는 없을 걸. 사람들이 그 자태를 보자 환성을 터뜨렸지. 마치 바다에서 태풍을 만난 돛대의 밧줄이 높게 낮게 요란스러운 소리를 크게 내 듯 말야. 사람들은 모자며, 외투며— 심지어는 상의까지도 던지며— 아우성을 쳤다구. 아니, 아마 떼낼 수 있다면 자기의 목까지 던졌을 걸.

그렇게도 신명나게 기뻐 날뛰는 걸 여태껏 본 적이 없었으니까. 삼사일 후면 해산할 배를 한 태산같이 만삭인 여자들이 있었지만, 옛 성을 부수는데 쓰인 망치같이 군중을 비집고 앞으로 뚫고 나아가려고 하는 바람에 앞의 사람들이 쓰러지고 누구 하나 "이건 내 여편네야"라고 말할 수 없을 정도로 남자고 여자고 뒤죽박죽되어 대혼잡을 이뤘다니까.

신사2　그리고 다음 행사가 있었나?

신사3　드디어 왕비전하께선 자리에서 일어나시어 점잖은 걸음으로 제단으로 가서서 무릎을 꿇고 성녀처럼 하늘을 우러러보시며 경건하게 기도를 올리셨다구. 그리곤 다시 일어나시어 민중을 향해 허리 굽혀 인사를 하셨어. 이때 캔터베리 대주교의 손으로 왕비의 대관의식이 진행되었지. 성유와 에드워드 고해왕의 왕관과 직장(職杖) 그리고 평화의 비둘기가 장식되는 등 이런 모든 표장(標章)들이 경건하게 왕비전하께 바쳐졌어. 이것이 끝나자 성가대가 이 나라에서 선발된 최고의 악사들의 반주로 찬가를 합창했다구. 왕비께선 합창소리 속에 그 자리를 떠나시어 앞서와 같은 장엄한 행렬로 축연이 베풀어지는 요오크 플레이스로 환궁하셨어.

신사1　야, 그곳을 요오크 플레이스라고 불러선 아니되네. 추기경이 실각한 이래 그 명칭도 없어졌고, 지금은 왕의 소유로 되어 화이트 홀이라고 부르지.

신사3　참 그렇군. 바로 엊그제 일이라 그만 예전 이

름이 튀어나오는군.

신사2 왕비를 양편에서 모시고 걷던 두 주교는 누굽디까?

신사3 스톡슬리와 가아디너입니다. 한 사람은 윈체스터의 주교로 국왕의 비서관 중에서 새로 발탁된 사람이구. 또 한 사람은 런던의 주교이고.

신사2 들리는 말엔 윈체스터의 주교는 덕망이 높은 크랜머 대주교를 싫어하는 모양이더군.

신사3 그야 세상이 다 아는 사실이지. 그러나 지금까지 큰 반목은 없었지. 어쨌든 사단이 일어나면 크랜머에게도 강력한 편이 생겨 강 너머 불 보듯 하지는 않을걸.

신사2 누굴까, 그 친구가?

신사3 토마스 크롬웰이지. 왕의 신임을 받는 분이오, 신뢰할만한 친구니까. 폐하께선 그분을 보석관의 관장을 시키셨을 뿐 아니라, 추밀원의 의원으로도 등용하셨다구.

신사2 그 사람은 그 이상의 출세를 해도 좋을 사람이오.

신사3 맞아, 사실은 말야. 자 사람 다 같은 길로 가는데 난 궁중으로 가는 길이라, 같이 갈까? 그곳에선 내 말이 좀 통하니 잘 대접해주지. 걸으면서 얘기도 하고 싶거든.

신사1 좋아.

신사2 좋다구. (모두 퇴장)

제2장 킴블턴궁의 한 거처

미망인 캐더린은 병환 중의 몸으로 시종 그리피스와 시녀 페이션스의 부축을 받으며 등장.

그리피스 전하의 기분은 좀 어떠십니까?

캐더린 오 그리피스, 죽을 것만 같애! 내 다리는 잔뜩 열매가 낀 나뭇가지처럼 땅으로 축 처지는군. 무거운 짐을 내려놓자는 거겠지. 의자를 주게. 응 됐네. 이제 좀 편안해졌어. 그리피스, 네가 날 데리고 나올 때 말했겠다, 그렇게도 영화를 누려온 추기경 월지가 죽었다구?

그리피스 예, 왕비전하, 소인이 아뢰었습니다만 전하께선 몹시 편치 않으셔서 못 들으셨을 줄로 알았습니다.

캐더린 그리피스, 그 사람이 어떻게 죽었는지 어서 말 좀 해 주어요. 만약에 훌륭하게 세상을 떠났다면 다행히 나보다 한발 앞서 간 것이니 내게 모범을 보여 준 것이겠지.

그리피스 들려오는 얘기로는 훌륭했다고 합니다, 전하. 월지 추기경은 용감하신 노덤벌랜드 백작에게 요오크에서 체포되어 죄 지은 사람으로서 재판을 받으러 압송되는 중이었는데 갑자기 병이 나서 노새에 올라앉을 수도 없을 정도로 중태였다고 합니다.

캐더린 저런 가엾어라!

그리피스 결국 쉬어가며 여행길을 더듬어 간신히 레스터에 도착하여 그곳 수도원에 투숙하였는데, 수도원의 원장이 수도사 일동을 거느리고 공손하게 영접을 했답니다. 그 때 그 분은 이렇게 말씀을 하였다 합니다요, "오 수도원장, 정치의 폭풍으로 파멸된 늙은 사람의 지쳐 빠진 뼈를 이 수도원에다 묻으러 왔습니다만 조그마한 땅조각을 적선해 주십시오!" 하고 말예요. 그리고는 그분께선 병석에 누우셨고 병이 계속 악화되어서 사흘 밤이 지난 후, 그가 미리 예언해놓은 임종의 시간인 밤 여덟 시경에 뼈저린 참회와 오랜 명상 그리고 슬픈 눈물로 볼을 적시며 이 세상의 영예를 이승에 돌려주고, 신의 축복 받은 넋을 하늘로 보내고, 평화롭게 영면했다 합니다.

캐더린 부디 영면하소서. 그리고 그의 무거운 죄도 가벼워지게 해주소서! 그러나 그리피스, 자비심을 잊은 것이 아니지만 이 말만은 해야겠어. 그 사람은 끝없이 탐욕한 사람이었어. 자기를 항상 왕족들과 같은 자리에 놓으려 했고, 계략으로 온 나라를 자기 손아귀에 집어넣었지. 성직자의 지위 매수는 떡 먹듯 했고, 자기 의견을 그는 바로 법률로 처리했거든. 어전에서도 거짓말을 곧잘 했고, 말 본새나 그 뜻도 표리가 있는 사람이었지. 사람을 구렁텅이로 꼬꾸라트릴 때 이외에는 남을 동정하는 일은 전혀 없었어. 약속만은 그의 위세를 떨치던 때처럼 거창했지만, 실천은 지금의 그의 신

체처럼 헛것이었지. 그 자신의 처신은 사악하였고 성
직자들에게 나쁜 모범을 보였지 뭔가.

그리피스 전하, 인간의 나쁜 짓은 황동에 새겨진 글
자처럼 영구히 남지만, 선행이란 물에다 쓰는 글자처
럼 이내 없어지고 맙니다. 그분의 선행을 말씀드리고
싶은데 들어주시겠습니까?

캐더린 들으리다. 그리피스. 나도 악의를 가지고 있
는 사람은 아니니까.

그리피스 그 추기경 월지는 비천한 출신이나 요람
에 있을 때부터 틀림없이 영예를 받을만한 재질을 가
지고 있었습니다. 그는 학문을 닦아 훌륭한 학자이며
박식하였고, 언변도 유창하여 사람들을 설득하는 데도
능란했습니다. 그러나 자기를 싫어하는 사람에겐 거만
을 떨고 쌀쌀하게 굴었습니다만 자기를 따르는 사람에
겐 여름날씨 같이 따스하게 대해 주었습니다. 한없이
재물을 긁어모으는데 눈을 밝힌 건 그의 죄라고 할 수
있습니다만 그 대신 남한테 베푸는 솜씨는 왕족다웠습
니다. 영원한 증인이 되는 것은 그분이 설립한 학문의
두 전당입니다. 즉, 입스위치와 옥스포드! 그 중의 하
나인 입스위치는 은인이 죽은 뒤에 살아 남기 미안했
는지 창설자와 함께 쓰러졌습니다만, 남아있는 옥스포
드는 아직도 미비하지만 그래도 학술이 우수하기로 그
이름을 떨치어 나날이 융성해 가고 있어 전 기독교국
에서는 그의 공적을 길이 찬양할 겁니다. 그분의 몰락
은 사실 그분에겐 행복이었습니다. 왜냐하면 몰락하기

까진 자기 자신을 몰랐으나, 비로소 그때 자신을 알게 되었고 하찮은 신분이 된 것이, 얼마나 고맙다는 것을 깨달았기 때문입니다. 그리고 늘그막에 사람이 누리지 못한 최고의 명예를 얻어, 즉 하나님을 두려워하면서 죽음을 맞이했기 때문입니다.

캐더린 나도 죽은 뒤에 나의 생전의 명예를 해치지 않고 후세에 전하려면 다른 자가 아닌 바로 그리피스 같은 정직한 기록자가 있어야겠어. 내 생전에 가장 미워하던 사람을 네가 경건한 마음으로 성실하고 온건하게 평을 하니, 지금은 재가 된 그 사람을 존경하고 싶은 마음이 생기는군. 오, 그분의 혼백에 영원한 안식이 있기를! 페이션스야. 곁에 있거라. 그리고, 좀더 낮춰다오. 네 신세를 지는 날도 얼마 남지 않았어. 그리피스, 악사에게 말해서 내가 조종(弔鐘)의 노래라고 이름 붙인 그 슬픈 곡을 연주해 주도록 해다오. 나는 그 음악을 듣는 동안 여기 앉아서 내가 갈 천국의 음악을 명상하며 들을 것이니까. (애절하고 엄숙한 음악이 연주된다)

그리피스 주무시는 모양이야. 페이션스, 조용히 앉아서 기다립시다. 잠을 깨시면 안되니까. 쉿, 조용히.

꿈

여섯 사람의 등장인물이 천사의 차림으로 흰옷을 입고 머리에는 월계수 화관을, 얼굴엔 금빛 가면을 쓰고,

손에는 월계수 또는 종려수의 가지를 들고, 장엄하게 춤을 추듯 차례차례 등장한다. 그들은 우선 전 왕비 앞에 읍하고선 춤을 추기 시작한다. 어떤 대목에서는 첫 번째 두 여자가 전 왕비 머리 위에다 준비해 온 화관을 받쳐들고 서 있다. 나머지 네 여자는 전 왕비에게 공손하게 절을 한다. 그리고는 화관을 들고 있던 두 여자는 그 화관을 다른 두 여자한테 넘겨주고 그것을 받은 두 여자는 또 같은 절차로 그 다음 두 여자에게 넘겨주어 전 왕비 머리 위에다 화관을 받쳐들고 서 있다. 이것이 끝나자 그 두 여자는 최후의 두 여자에게 그 화관을 주고 최후의 두 여자도 똑 같이 같은 절차로 같은 의식을 한다. 그러면 전 왕비는 영감이라도 받은 듯이 잠을 자면서 환희의 표정을 지으면서 두 손을 벌려 하늘로 높이 뻗는다. 그리고 나서 천사들은 화관을 들고 춤을 추면서 사라져 버린다. 음악은 여전히 계속된다.

캐더린 평화의 정령들이여, 어디에 계셨나요? 모두 가셨군요? 날 이처럼 가엾게 내버려두고?

그리피스 전하, 여기들 있습니다.

캐더린 너희들을 부른 게 아니야. 내가 잠들어 있는 동안 이곳에 누가 오지 않았느냐?

그리피스 예, 아무도 오지 않았습니다, 전하.

캐더린 아무도 못 봤다구? 바로 이제 한 무리의 천사들이 찬란한 태양 같이 빛나는 얼굴로 날 연회로 초청하는 것을 보지 못했어? 그분들은 나에게 영원한 행복을 약속하고 화관을 갖다 주었어. 그리피스, 난 지금은 그것을 쓸 자격이 없지만 틀림없이 언젠가는 쓰게 될 거야.

　　그리피스　좋은 꿈을 꾸셨습니다. 신도 기쁩니다.

　　캐더린　음악을 중지시켜라. 어쩐지 듣기에 거북하고 괴롭구먼. (음악 그친다)

　　페이션스　(그리피스에게 방백) 전하께서 안색이 별안간 달라지신 것 같잖아요? 얼굴이 몹시 일그러지셨어요! 얼굴이 창백하셔요, 그리고 흙빛처럼 싸늘하시고! 저 눈을 보세요!

　　그리피스　임종이다, 기도를 올려요, 기도를!

　　페이션스　하나님, 전하께 안식을 드리소서!

사자 등장.

　　사자　황공하오나—

　　캐더린　무엄하다. 인사도 못하느냐?

　　그리피스　(사자에게) 꾸지람을 받을 만 하다, 전하께선 옛 위엄을 지키려 하시는데, 그런 무엄한 태도를 취하다니. 어서 무릎을 꿇어라.

　　사자　무례함을 용서해 주십시오. 급한 나머지 그만 예의에 벗어났습니다. 폐하께서 보내신 신사 한 분이 배알을 원하고 있습니다.

　　캐더린　그리피스, 그 사람을 들어오도록 하게. 이

사람은 두 번 다시 보고 싶지 않다. (그리피스와 사자 퇴장)

캐푸셔스 경 등장.

(캐푸셔스를 보고서) 내 눈이 틀림없다면 경은 나의 조카 되는 찰스 황제가 대사로 보낸 캐푸셔스가 아니오?

캐푸셔스 전하. 그러하옵니다. 또 전하의 심복이옵니다.

캐더린 오 경이여, 그대가 날 처음 볼 때와는 나의 처지도 칭호도 달라졌어요. 그런데 무슨 일로 나를 찾아오셨는지?

캐푸셔스 첫째론 신이 충성을 드리려는 것이옵고, 다음엔 폐하께서 병 문안을 드리라는 분부가 있었기 때문입니다. 폐하께선 전하의 쇠약해지심을 몹시 심려하고 계시며 전하께 위안을 드리도록 신을 보내신 겁니다.

캐더린 오 친절한 경이여, 그 위안의 말씀이 너무 늦었소이다. 사형집행후의 사면장같이 말예요. 좀더 일찍 그 친절한 말씀을 주었더라면 약이 되어 날 구했을 것인데. 그러나 이젠 기도 이외의 아무런 위안도 내겐 소용없게 되었습니다. 폐하께서는 안녕하신가요?

캐푸셔스 전하, 건강하시옵니다.

캐더린 이 몸이 구더기와 함께 있고 가련한 내 이

름도 이 왕국에서 사라진 뒤에도 폐하께서 건장하시고 번영하소서! 페이션스, 네게 쓰게 한 서장은 부쳤느냐?

페이션스 (서찰을 캐더린에게 건네며) 아직 안 부쳤습니다, 전하.

캐더린 경, 부탁하오니 이 서장을 폐하께 전해줄 수 있겠어요?

캐푸서스 기꺼이 전하겠습니다, 전하.

캐더린 서장 사연은 이래요. 우리의 청순한 사랑의 결실인 어린 공주에게— 하늘이여, 천은의 이슬을 듬뿍 내려 주소서!— 폐하께서 훌륭하게 양육해 주십사고 부탁하였습니다— 공주는 어리지만 기품이 고상하고 정숙한 천성이시라 훌륭한 교육을 받을 만합니다— 하늘이 명명백백하게 아시듯 폐하를 사랑한 공주의 어머니를 위해서라도 공주를 얼마간이라도 사랑해주십사 하고 간청을 하였습니다. 그 다음 나의 가련한 청원은 오랜 동안 나의 운명에 충실하게 따라온 불쌍한 시녀들에게도 폐하의 은총을 베풀어주십사 하는 것이오. 시녀들은 한 사람도 빠짐없이— 내가 단언하지만 멀지 않아 세상을 뜰 내가 어찌 거짓말을 하겠습니까— 그 시녀들은 한결같이 정숙하고 심성도 아름답고 정직하고 몸가짐도 얌전하오니 정말로 좋은 남편을— 설사 귀족을 남편으로 삼더라도 손색이 없는 훌륭한 자격을 가지고 있어요— 그런 여자를 아내로 맞는 남자들은 참으로 행복할 것입니다. 마지막 부탁은 내가 부리던 남자들에 대해서예요— 그 사람들은 매우 가난하지만,

그 가난이 결코 날 버리지는 않았습니다―. 그 사람들
에게 정당한 급료를 지불해 주기 바란다 했고, 또 날
생각해서라도 그들에게 얼마간 좀더 주었으면 좋겠다
고 하였습니다. 아, 하늘이 나에게 좀더 수명과 재력을
주셨더라면 이렇게 어려운 말로 이별하지는 않았을 것
입니다. 이상이 서장 사연의 전부예요. 착하신 경이여,
당신은 이 세상에서 가장 사랑하는 것을 걸어 맹세하
여 기독교 신자로서 이승을 하직하는 영혼의 안식을
기원한다면 이제 말한 불쌍한 사람들의 좋은 벗이 되
어 마지막으로 드리는 나의 소원이 성취하도록 폐하게
부탁해주세요.

캐푸서스 맹세코 노력하겠습니다. 그렇지 않으면 남
자의 자격을 포기하겠습니다.

캐더린 고마운 분, 감사드립니다. 폐하께 정중하게
문안드린다고 해 주세요. 오랜 동안 폐하께 심려를 끼
쳐 드렸으나 이제는 세상을 떠난다고 말씀해 주십시오.
죽어가면서도 폐하를 위해 축수한다고 말씀해 주시고.
사실 그렇게 하렵니다. 내 눈이 침침해지는군. 그럼 안
녕히 계세요. 케푸셔스 경이여. 그리피스, 잘 있어요.
아니다 페이션스, 넌 내 곁을 떠나지마. 침상으로 가야
하니까. 시녀들을 불러다오. 내가 죽거든 내 몸을 정중
하게 보살펴다오. 처녀의 꽃(백색 풀꽃)을 내게 뿌려
주오, 내가 무덤 속에 들어갈 때까지 순결한 아내였다
는 것을 세상 사람들에게 알려주렴. 내 영구에는 향료
를 뿌려 주오. 이제 왕비는 아니지만 그래도 왕비답게

왕녀답게 날 묻어주오. 더 이상 말 할 수가 없군. (모
두에게 간병 받으며 캐더린 퇴장)

제 5 막

●

하늘이여. 복되고,
영화로우신 천수를 오래오래
누리시도록 잉글랜드의 기품 높은 공주,
엘리자베스 공주님께 무한한
은총을 내려 주소서!
-5장 가아터의 대사
중에서

제1장 런던. 왕궁의 낭하

윈체스터의 주교 가아디너가 시동에게 햇불을 들려 앞세우고 등장. 기사 토마스 러벨과 만난다.

가아디너 애야, 지금 한 시를 쳤지, 안 그런가?

시동 예, 벌써 지난 걸요.

가아디너 그럼 꼭 잠을 자야 할 시간이오. 향락에 시간을 소비하는 것이 아니라 편안한 휴식으로 피로를 풀어야지. 잘 있었나? 토마스 경! 이렇게 늦게 어딜 가지?

러벨 경은 폐하와 함께 있었는지?

가아디너 음, 내가 떠나올 때 폐하께선 서포크 공작과 프리메로 놀이(일종의 골패놀이)를 하시고 계셨지.

러벨 침전에 드시기 전에 내가 배알해야 하는데. 그럼, 실례.

가아디너 잠깐만, 토마스 러벨 경. 웬 일이오? 몹시 급한 모양인데. 별다른 문제가 없다면 이 밤중에 일어난 용건을 친구인 내게도 귀띔해 주지. 요정들은 깊은 밤에 돌아다닌다는데 용건도 깊은 밤의 것이 낮의 것보다 몹시 화급한 성질을 가졌겠지.

러벨 내가 경애하는 주교이신데 이보다도 더 중대한 비밀일지라도 들려 드려야지. 사실은 왕비전하께서 산기가 있으신데 매우 난산일 것이라 어쩌면 생명이

위중할 거라 해요.

가아디너　태어나는 열매가 꼭 무사하게 생존하도록 진심으로 기원해야지. 하지만 토마스 경, 난 이 참에 줄기가 밑동부터 시들어 버렸으면 좋겠다.

러벨　나도 동감이지만 양심껏 생각해보건대 왕비전하께선 심성이 선량하시고 가엾은 분이에요. 그러니 그분의 행복을 빌어야 할 판인데 어쩐지 죄를 짓는 기분이 들어.

가아디너　그렇지만 토마스 경, 내 말을 들어보지. 당신은 나하고 신앙을 같이하잖아. 그리고 당신은 현명하고 신심이 깊지. 분명히 말하지만, 토마스 경, 왕비의 두 팔이라고 하는 크랜머와 크롬웰, 그리고 왕비이 세 사람이 무덤 속으로 들어가기 전에는 상태가 절대로 좋아질 수가 없단 말일세.

러벨　현재 그 두 사람은 지금 우리 나라에서 가장 승승장구하는 분이야. 크롬웰로 말하면 왕실 보석관 관장에다 기록보존소 소장일 뿐만 아니라 왕의 비서관이 된 사람이 아닌가. 게다가 그분은 더욱 승진할 형편을 맞이하고 있는 사람이에요. 그리고 대주교 크롬웰로 말하면 국왕의 손이요, 입이지. 누가 감히 그분에게 반대하는 말을 한 마디라도 할 수 있을까?

가아디너　아냐, 있고 말고, 토마스 경, 말할 수 있는 사람이 얼마든지 있지. 내가 우선 그 자에 대해 하고 싶은 말을 피력했지. 당신에게는 말을 해도 괜찮아서 하는데 사실은 오늘 내가 의회에서 귀족들도— 나와 같이 그 사람의 정체를 알고 있는 터라— 그 사람은 무서운 이단자요, 이 나라를 좀먹는 병균이라고 까밝혔다구. 그랬더니 모두 감동해서 폐하께 상소하기에 이르렀다구. 폐하께서도 우리들의 불평에 귀를 기울이시어 나라를 우려하시는 영명(英明)하신 왕답게 우리가 사리를 다하여 말씀 올린 재난을 이대로 내버려두었다간 큰 폐단이 일어날 거라고 통촉하시어 오늘 아침에 크랜머를 의회에 소환토록 어명을 내리셨어요. 토마스 경, 그 자는 독초예요. 뿌리째 뽑아야 해. 너무 오랫동안 일을 방해했군. 잘 있어요, 토마스 경.

러벨 잘 있어요, 가아디너 경. 언제까지나 받드오리다. (가아디너 퇴장)

왕과 서포크 등장.

왕 찰스. 오늘밤은 그만둬야겠소. 신명이 나지 않는군. 내가 도저히 상대가 되질 않아.

서포크 지금까지 신이 이긴 적이 없었습니다.

왕 거의 없었지, 찰스. 그야 마음만 내킨다면 내가 질 리 없지. 아니 러벨, 왕비의 용태는 어떠한가?

러벨 신이 직접 말씀드릴 수가 없어 한 시녀를 시켜 폐하의 말씀을 전해 올렸는데 감사하다는 정중한 인사 말씀과 아울러 자신을 위해 기도해주십사 하는 뜻을 폐하께 절실하게 부탁드리고 싶다 하더랍니다.

왕 흥, 무슨 말인가? 아니 왕비를 위해 기도를 올리라고? 그럼 왕비가 산기가 있다는 말인가?

러벨 시녀의 말이 그러했습니다. 고통이 심하시어 그 진통이 일어날 때마다 거의 돌아가실 것 같아 보였답니다.

왕 아, 가엾어라!

서포크 하느님이시여, 왕비께서 무사히 순산하시어 왕자가 태어나시고 폐하의 기쁨이 되게 해 주소서!

왕 찰스, 밤이 깊었소. 어서 쉬도록 하오. 그대가 기도할 때 가엾은 왕비를 잊지 말고. 어서 물러가오, 혼자 생각해야 할 일이 있으니. 옆에 사람이 있으면 오히려 머리가 산란해진다.

서포크 평안히 주무십시오, 왕비전하를 위하여 잊지 않고 기도를 올리겠습니다.

왕 잘 가오. 찰스. (서포크 퇴장)

기사 앤소니 데니 등장.

웬일인가?

데니 폐하, 분부하신 대로 대주교를 모시고 왔습니다.

왕 그래! 캔터베리를 말인가?

데니 네, 그렇습니다.

왕 그런가. 그는 어디 있는가, 데니?

데니 대령하고 있습니다.

왕 이리 오라고 해라. (데니 퇴장)

러벨　　(방백) 아까 주교가 말한 그 일이구나. 마침 난 이곳에 잘 와 있었다.

크랜머와 데니 등장.

왕　　(러벨에게) 물러들가라. (러벨 머뭇거린다) 야! 물러가래두! (러벨과 데니 퇴장) 야!

크랜머　　(방백) 걱정이 된다. 왜 저렇게 용안을 찌프리실까? 위협하실 때의 안색이셔. 모든 게 심상치 않은 걸.

왕　　(크랜머에게) 잘 왔소! 왜 대주교를 불렀는지 알고 싶으신가?

크랜머　　(무릎을 꿇고) 폐하의 분부시라면 언제든지 뛰어오는 것이 신하의 의무라 사료됩니다.

왕　　자 일어나오, 덕망 높은 캔터베리 대주교. 자, 우리 잠깐 걸어봅시다. 당신에게 할 얘기가 있소. 자 자 손을 이리 주오. 아, 경이여, 이런 말을 하는 것은 참으로 가슴 답답한 일이며 이제 말하는 내용은 참으로 비통한 일이요. 실로 하기 싫은 얘기지만 최근에 많은 하소연을, 그것도 대주교 당신에 대한 좋지 못한 불만을 말하는 사람이 적지 않아요. 그래서 여러 가지 생각을 해본 결과 버릴 수도 없고, 그대로 뭉개버릴 수도 없는 일이라, 추밀원과 협의하여 오늘 아침 경을 회의실에 출두시키도록 하였소. 그런데 거기서 심문을 하게 되면, 당신은 도저히 자기의 결백함을 입증할 수가 없으니까 훗날 재심문을 받을 때 해명하기로 하고, 우선 참아 주기 바라오. 당분간 런던 탑을 당신의 집으로 삼아야 할거요. 당신은 과인의 동료요 추밀원 의원이니, 그런 절차를 취하지 않을 수 없으며, 그렇지 않으면 고발한 측의 증인이 될 사람이 나타나지 않을 것이오.

크랜머 (무릎을 꿇고) 성은이 하해와 같습니다. 이번 좋은 기회에 폐하의 은혜로 해서 이 몸을 충분히 심의하여 그 안의 왕겨와 낱알을 키질해 가려내게 될 것을 기쁘게 생각하나이다. 왜냐하면 신만큼 세상의 중상모략을 받고 있는 불행한 사람은 없다고 생각하기 때문입니다.

왕 캔터베리 경, 일어나시오. 그대가 진실하고 성실하다는 건 그대의 친구인 내 마음속에 뿌리 깊이 박혀 있어요. 손을 이리 주오. 일어나시오. 좀 걸읍시다. 그런데 이상도 하지, 당신은 참 어떻게 된 사람이오? 이봐요, 난 당신이 나에게 사정을 해서 내가 당신과 당신의 고발자들을 한데 불러 놓고 당신이 하는 말을 들으며 탑에 들어가지 않고 처리되도록 해 달라고 할 줄 알았소.

크랜머 황공하오나, 폐하, 신이 지키는 덕은 성실과 정직뿐입니다. 이 두 가지가 덕이 없다면 신을 정복하려는 적 쪽에 신도 가담하겠습니다. 이 두 가지가 없다면 이 몸이 소중할 게 하나도 없으니 이것이 두려운 일이며 사람들이 무어라 해도 신은 겁내지 않습니다.

왕 당신은 이 세상에서 온 세상 사람들에게 대해 나의 위치를 어떻게 생각하고 있는지 모른단 말인가? 당신에겐 적이 많고, 그것도 적이 많지도 않으면서 힘도 강하고 그들의 수단도 그만큼 대단할 거요. 정의와 진실이 재판에 있어 반드시 정당한 판결을 받게 되는 것은 아니오. 부정한 마음을 가진 자는 얼마든지 부정한 자를 돈으로 매수하여 당신에게 불리한 증언을 얼마든지 시킬 수가 있으니까. 흔히 있어온 일이오. 더구나 당신의 적은 극악스러우니 악의도 대단하오. 당신의 주 예수 그리스도께서도 이 사악한 세상에 살아 계실 때 위증으로 재난을 당하셨소. 그래, 예수 그리스도의 종자인 당신은 주인보다 운이 좋다고 생각하오? 어림없는 일! 그대는 절벽에 서 있으면서 위험을 모르고 몸을 던지려 하는 것이오.

크랜머 하느님과 폐하께서 신의 무고함을 지켜 주시지 않으시면 파놓은 함정에 빠질 수밖에 없습니다!

왕 안심하오. 그 자들이 아무리 그래 봤자 내가 허용하는 한계 안에서 하는 일이오. 그러니 너무 마음쓰지 말고 오늘 아침에 그들 앞에 나오도록 하오. 만약 그들이 투옥시키려고 온갖 근거를 대며 공박하거든 열심히 반박하도록 하오. 경우에 따라서는 격론을 해도 되오. 만약에 아무리 변론을 해도 효력을 보지 못하거든 이 반지를 그들에게 보이며, 그들 앞에서 나에게 직소하겠노라고 요청하오. (방백) 저것 봐, 저 착한 사람이 울고 있다. 그래! 확실히 정직한 사람이다.

성모 마리아에게 맹세하지만 내 왕국에서 저렇게 진심에 찬 사람은 없으렷다. (크랜머에게) 물러가시오. 내가 말한대로 해야 하오. (크랜머 퇴장) 눈물 때문에 말문이 막힌 모양이군.

노부인 등장. 러벨 뒤따른다.

신사 (안에서) 어서 나와요, 무슨 짓이오?

노부인 천만예요. 못나가요. 내가 이렇게 좋은 소식을 가지고 왔으니 실례하는 정도쯤이야 용서될 것이오. 가자, 착한 천사들이여, 폐하의 머리 위를 빙빙 날면서 행복한 날개로 옥체를 보호해 주소서!

왕 음, 너의 표정을 보니 내용이 짐작이 간다. 왕비가 몸을 푸셨나? "네"라고 해, "아들"이겠다!

노부인 네, 폐하의 말씀이 맞습니다, 예쁜 아기씨이십니다. 하나님, 언제까지나 공주님을 축복해 주소서! 따님이십니다. 그러나 앞으로 많은 아드님을 낳으실 겁니다. 폐하, 첫선을 보시러 왕림해 주십사고 왕비전하께서 원하십니다. 앵두가 앵두를 닮듯이 폐하를 꼭 닮으셨습니다.

왕 러벨!

러벨 네?

왕 저 여자에게 백 마르크를 건네주게. 난 왕비에게 가야겠다. (퇴장)

노부인 (방백) 쳇, 백 마르크라니! 말이야 바른 말이지 더 받아야 돼. 시시한 마부라도 그쯤은 받을 거야. 더 받아내야지, 시끄럽게 떠들어대서라도 말이야. 따님이 아버지를 여지없이 닮았다고 했는데. 좀더 받아 내야겠어, 그렇지 않으면 한 말을 취소할테다. 자, 식기 전에 확실하게 새겨두고 받아내고 말아야지. (두 사람 퇴장)

제2장 런던. 회의실 앞

종자들, 시동들과 그 밖의 사람들이 대기하고 있다. 캔터베리 대주교 크랜머 등장.

크랜머 너무 늦지는 말아야겠는데, 추밀원에서 보내온 사람은 급히 오라고 야단이었지만. 문이 모두 잠겨 있군! 웬일일까? 여봐라! 거기 누구 있소? 분명 날 알겠지?

수위 등장.

수위 네, 압니다. 그러나 소인으로서는 어찌할 도리가 없습니다.
크랜머 왜?
수위 호명이 있으실 때까지 기다리셔야 합니다.

벗츠 박사 등장.

크랜머 그래?
벗츠 (방백) 이건 악의로 한 짓이 틀림없다. 이 길로 와서 마침 다행이다. 폐하께 바로 알려 드려야지.
크랜머 (방백) 저 사람은 전의 벗츠군. 지나가면서 날 뚫어지게 바라보았어! 제발 나의 이 치욕을 떠들어

대지 않았으면 좋겠는데! 틀림없이 이건 날 미워하는 패거리들이 고의로 한 짓일 거다— 하나님이시어 그들의 악한 마음을 바로 돌려 주소서! 난 그들의 원한을 산 일이라곤 없었을 텐데— 내게 창피를 주자는 것이겠지. 그래, 동료 의원인 날 급사나 마부나 하인과 같은 사람들과 함께 문밖에서 기다리게 할 수가 있나. 그들이 하는 대로 내버려 둘 수밖에. 참고 기다려야지.

왕과 벗츠가 들창(이층 무대)에 나타난다.

벗츠 폐하, 매우 기이한 것을 보여 드리겠습니다—
왕 무엇이오, 벗츠?
벗츠 근자에 보지 못하신 광경입니다.
왕 아니 그것이 어디 있소?
벗츠 저길 보십시오, 폐하. 캔터베리 대주교가 굉장히 승진하신 모양입니다. 신분도 알맞게 문밖에서 종자들, 시동들, 하인 나부랭이들과 어울려 기다리고 계십니다.
왕 저런! 그 사람이 틀림없군. 이것이 동료끼리 존대하는 것인가? 자기들보다 윗사람인 내가 있으니 망정이지. 그들이 성실하고 적어도 예도에 밝을 줄 알았는데 이게 어찌된 일인가. 그만한 지위에 있는 사람을, 더구나 과인이 신임하고 있는 사람을 그 자들은 서류뭉치를 들고 온 사자들처럼 문밖에서 기다리게 하다니 저럴 수가 있나. 성모 마리아에 두고 말하지만 벗츠,

참으로 고약하다! 잠시 그대로 내버려두지, 커튼을 쳐 주오. 과인은 곧 이야길 듣게 될 거다. (두 사람 퇴장)

제3장 회의실

옥좌가 있고, 그 밑에 걸상들과 스툴 등과 함께 회의용 탁자가 있다. 대법관이 등장해서 왼쪽에 있는 탁자 좌측 안쪽 끝 상단에 앉는다. 그 좌석보다 높은 곳에 있는 좌측 좌석이 캔터베리의 좌석이나 비어 있다. 서포크 공작, 노포크 공작, 서리, 의전장관, 가아디너 대주교가 각각 좌우에 직위에 따라 앉는다. 크롬웰은 비서관으로서 그 탁자의 말단 자리에 앉는다. (문가에 수위가 서 있다)

대법관 비서관, 의사일정에 대해 설명을 해주시오. 오늘 회의를 열게 된 것은 무엇 때문이오?

크롬웰 말씀드리겠습니다. 오늘의 주요한 안건은 캔터베리 대주교에 관한 것입니다.

가아디너 그 사람은 알고 있나요?

크롬웰 알고 있습니다.

노포크 (수위에게) 그곳에서 대기하고 있는 사람이 누구요?

수위 밖에 계신 분 말씀인가요?

가아디너 그렇소.

수위 대주교님이십니다. 벌써 반시간이나 부르시길 기다리고 계십니다.

대법관 들어오시라 해라.

수위 (문밖의 크랜머에게) 들어오셔도 좋으시답니다.

크랜머 등장해서 회의실 탁자로 간다.

대법관 대주교, 이 사람은 지금 여기에 앉아서 저기 저 의자가 공석이 되어 있는 것을 보게 됨을 몹시 유감으로 생각하는 바입니다. 그러나 아무튼 인간이란 본성이 나약한 것이고 육체의 유혹을 면할 수 없다고 생각합니다. 천사 같은 사람은 거의 없습니다. 그 나약함과 그리고 지혜의 부족으로 우리의 귀감이 될 귀하가 자신에게 잘못 행동했어요, 그것도 적지 않게 말입니다. 귀하는 우선 우리 폐하에게, 그 다음엔 국법에 그것도 적지 않은 불손과 불경을 범하여 귀하 자신이 또 귀하의 사제들의 입을 통하여— 그렇게 듣고 있습니다만— 여러 가지 위험한 신설(新說)을 전국에 퍼트렸습니다. 이것은 모두 이단(異端)적인 사설(邪說)로 시정되지 않으면 국가적으로 큰 해독이 될 겁니다.

가아디너 경들, 그 시정은 화급히 처리돼야 합니다. 야생마를 길들이기 위해서는 고삐를 잡고 걸어다니게 하는 것만이 아니라 견고한 재갈로 입을 막고 박차를 가해서 말이 말을 잘 듣도록 해야 합니다. 이런 무서운 전염병을 안이하고 어린애 같은 동정심으로 어느 한 사람의 명예를 위해서 허술히 처리한다면 그 병의 치료는 포기할 수밖에 없습니다. 그러면 그 결과는 어떻게 될까요? 소란, 폭동, 그 뿐만 아니라 나라 전체가 혼란스럽게 되고 맙니다. 우리 이웃나라 독일에서 최근에 일어난 사태가 좋은 실증이 됩니다. 그것을 가엾다고 동정한 우리 마음이 아직도 선명하게 기억돼 있지 않습니까.

　　크랜머　경들 여러분, 이 사람은 지금까지 전 생애에 있어 또 직무에 봉직한 이래로 부지런히 일해 왔고, 열심히 연구하여 오직 내가 신봉하는 교리의 설교와 나의 권력의 행사가 일치하도록 힘써 왔습니다. 그것도 편안하게 말입니다. 그리고 그 목적은 최선의 도리를 다하는 것이었으며 이것은 여러 경들, 한 점의 거리낌도 없이 솔직히 말씀드립니다만 현재 살아 있는 사람 중에서 나만큼 개인적인 양심에서나 직책상의 의무에서나 나라의 평화를 어지럽게 하는 자들을 증오하고 대결하는 사람은 아마 없을 겁니다. 하늘이시어, 폐하께서 온 백성의 한 사람 한 사람 마음속에서 불충한 자들을 발견하는 일이 없도록 해주소서! 질투와 사악한 악의를 자양으로 삼는 자들은 성인군자들을 물어뜯습니다. 나는 여러 경들께 간청합니다. 이 사건을 처리함에 있어서 나의 고발자가 어떤 사람이든 간에 당 법정에서 당당히 나와 대질하여 서로 털어놓고 진술하도록 해주시기 바랍니다.

　　서포크　아니 대주교, 그건 안됩니다. 귀하는 추밀원 의원이십니다. 그러니 아무도 감히 귀하를 고발하지는 못합니다.

　　가아디너　대주교, 우린 중대한 안건이 많이 있어서 간단히 말씀드립니다. 폐하의 뜻이요, 우리 일동의 결의이니 이 사건을 충분히 심의하기 위해서 귀하가 런던 탑에 들어가시기 바랍니다. 탑으로 들어가시면 일개 평민으로 돌아가니 귀하가 염려하는 것보다 더 많은 사람들이 대담한 고발자로 나타날 것입니다.

크랜머 아, 윈체스터 주교, 감사드리오. 당신은 언제나 나의 가까운 벗이오. 만약에 당신이 당신 뜻대로 재판관에다 배심원을 겸하게 된다면 필시 인자하신 판결을 하시겠지. 난 당신의 희망을 알고 있어요. 바로 나를 파멸시키는 것이오. 주교, 성직자에겐 야망보다도 사랑과 온화함이 알맞은 일이오. 방황하는 영혼을 온정으로 맞아들여야 해요, 결코 내팽개치지 말고요. 아무리 무거운 올가미를 인내하고 있는 나에게 뒤집어씌워도 이 사람은 서슴지 않고 결백함을 증명할 것이오. 양심 없는 당신들이 매일같이 주저하지 않고 나쁜 짓을 하고 있듯이 할 말이 더 있소이다만 당신의 직책을 존경해서 그만두기로 합니다.

가아디너 대주교, 대주교, 귀하는 이단자이오. 그건 명백한 사실입니다. 아무리 그럴 듯하게 겉치레를 해도 당신을 알고 있는 사람에겐 그 변명은 공허한 헛소리에 불과합니다.

크롬웰 윈체스터 주교, 실례입니다만 말씀이 너무 지나치시군요. 그처럼 고귀한 사람은 비록 죄가 있다 하더라도 그만한 신분에 있는 사람은 그 신분에 마땅한 대우를 받아야 할 것입니다. 쓰러지는 사람을 발로 밟는다는 건 너무 잔혹하니까요.

가아디너 비서관, 이것 실례가 많았소. 그러나 이 자리에서 귀하가 그런 말씀을 한다는 건 가장 적당치 않군요.

크롬웰 어째서요?

가아디너 귀하가 소위 그 새 종파의 지지자라는 걸 내가 모를 줄 아시오? 귀하는 충실치 못해요.

크롬웰 충실치 않다?

가아디너 그래요.

크롬웰 당신이 절반 정도만이라도 성실한 사람이라면! 사람들은 무서워서 저주를 퍼붓지 않고 당신을 위해 기도를 올릴 것이오.

가아디너 그 주제넘은 말을 기억해 두리다.

크롬웰 마음대로 하시오. 당신의 그 주제넘은 행위도.

대법관 지나치십니다. 두 분다 체면문제이니 그만하세요.

가아디너 그만두겠습니다.

크롬웰 나도요.

대법관 (크랜머에게) 그럼 대주교께 말씀드리오니 모두의 의견이 일치되어 다음과 같이 처리합니다. 귀하를 죄수로서 탑으로 송치하며 폐하의 분부를 받을 때까지 그곳에 감금되는 것으로 합니다. 여러분들, 이의 없습니까?

일동 없습니다.

크랜머 경들, 내가 그 탑으로 가야만 하나요? 달리 자비를 베풀 길이 없을까요?

가아디너　그밖에 뭘 바란단 말이오? 무척 성가신 사람이군. 경호해 갈 사람을 불러 들이라.

호위병 등장.

크랜머　날 압송한다는 거요? 날 반역자로 취급한단 말이오?

가아디너　(호위병에게) 저 사람을 인수해서 탑까지 모시고 가거라.

크랜머　잠깐 기다려 주시오. 여러분, 할 말이 있습니다. 자 이걸 보세요. 이 반지의 특권으로 이 사람은 잔인무도한 사람들의 손아귀에서 이 사건을 빼서 가장 고매한 재판관이신 우리의 국왕폐하께 맡겨드리려고 합니다.

의전장관　(반지를 보고) 이건 틀림없이 폐하의 반지입니다.

서리　가짜가 아닙니다.

서포크　틀림없이 진짜요. 제가 여러분들께 말했잖아요, 애초에 이 돌을 굴리기 시작할 때 잘못하다간 우리 머리 위에 떨어진다고 말이오.

노포크　어떠세요, 여러분, 폐하께선 이 사람의 새끼손가락 하나라도 다쳐서는 안 된다고 생각하시는 것 같은데요?

의전장관　뻔한 일이군요. 그러니 그 분이 생명이야 얼마나 소중히 여기시겠습니까! 난 이 사건에서 깨끗

160

이 손을 떼겠습니다!

크롬웰 그 분을 고발하려고 온갖 풍문과 재료를 수집하고 있을 때 난 염려했습니다. 악마나 그 제자가 아니고선 질투할 까닭이 없는 선량한 그 분을 함정에 빠뜨리려고 하는 건 자기를 불사르는 불을 지피고 있는 것이 아닌가 하고 말입니다. 결국 그것이 맞지 않았나요!

왕 등장하여 눈살을 찌푸리고 의원들을 쏘아보면서 옥좌에 앉는다.

가아디너 황공하오나 폐하, 신들은 매일 같이 어지시고 현명하실 뿐만 아니라, 종교에 대한 믿음이 가장 경건하신 폐하를 하늘이 내려주신 것을 감사드리고 있습니다. 오로지 하나님에게 순종하시어 교회에 대한 봉사를 으뜸으로 삼으시고 그 신성한 의무를 강력히 수행하시려는 뜻에서 교회와 그에 대한 큰 범죄자의 재판을 청취하시려고 당 법정까지 옥보를 옮겨 주시니 황공할 뿐입니다.

왕 윈체스터의 주교, 당신은 언제나 즉석에서 칭찬하는 말솜씨가 대단하군. 그러나 알아두어야 하노니 지금 내가 여기 온 것은 아첨하는 말을 들으러 온 것은 아니다. 내 앞에선 아무리 궁상맞은 말을 늘어놓는다 해도 속이 들여다보이는 경박한 짓이니, 그것으로 잘못을 감출 수는 없느니라. 주교는 발발이 개가 꼬리를 치듯 혓바닥을 날름거리면 내 마음을 잡을 수 있다고 생각하는 것 같지만 어림도 없는 일. 당신이 날 어떻게 생각하는지 모르지만 주교는 잔인무도한 자라고 알고 있소. (크랜머에게) 크랜머, 그 의자에 앉으시오. 이중에서 당신에게 감히 손가락 하나라도 건드리려 했던 못된 자가 있으면 그 자를 나에게 알려 주오. 신성한 모든 것에 맹세코, 그 의자에 당신을 앉혀 놓은 것이 부당하다고 생각하는 자가 혹시 있다면 그 잔 당장에 굶어 죽는 것이 좋으렷다.

서리 폐하, 황공하오나—

왕 무엄하다. 듣지 않겠다. 난 추밀원 의원들은 상당한 이해심도 있고, 지혜도 있는 줄 알고 있었소. 그러나 그런 사람은 한 사람도 없구려. 경들이 이 사람한테 한 짓이 분별 있는 처사라 하겠는가? 이 선인이 —이런 칭호를 받을만한 사람은 그대들 중엔 거의 없소— 이 정직한 사람이 비천한 급사와 같이 회의실 문밖에서 기다려야 한단 말이오? 그대들과 똑같이 높은 벼슬에 있는 사람이 아니오? 원 그게 무슨 수치스런 일이오! 내가 경들에게 권력을 줬기 때문에 그렇게 자기 자신을 망각하게 됐단 말이오? 내가 경들에게 권력을 준 것은 그 사람을 추밀원 의원으로서 심문할 것이지, 머슴처럼 취급하라는 것이 아니었소. 내가 알기론 그대들 중에는 정의보다도 원한 때문에 극형에 처하려는 사람이 있는 것 같소. 그렇지만 내가 살아있는 한 결코 그렇게는 되지 않을 것이니라.

대법관 황공하오나 평소 인자하신 폐하께 신이 일동을 대표하여 해명하는 것을 윤허해 주시기 바랍니다. 대주교를 투옥하려고 한 것은 어디까지나 재판을 통하여 그 분의 혐의를 해소시키려는데 있으며 악의에서 나온 것은 결코 아닙니다. 틀림없이 신은 그러하였습니다.

왕 좋소, 좋소, 한데 경들, 어쨌든 저 사람을 존경하고 우대해야 하오. 당연히 그만한 가치가 있는 인물이오. 난 저 사람에 대해서 이렇게 말하겠소. 만약에 한 군주가 한 신하에게 은혜를 갚아야 하는 일이 있다면 바로 저 사람의 사랑과 충성심에 보답을 해야 하느니라. 자 이젠 더 말하지 말고 모두 저 사람을 포용하시오. 창피한줄 안다면 모두 친히 지내야 하오! 캔터베리 대주교, 내가 경에게 청이 있으니 거절하지 말기 바라오. 실은 아직 세례를 받지 않은 어여쁜 어린 딸이 하나 있소. 경이 대부가 되어 돌봐주기 바라오.

크랜머 이 세상에서 가장 위대한 군주일지라도 그 일을 더 없는 영광으로 여길 겁니다. 그러하온즉, 가련하고 비천한 신하로서 어찌 감히 그런 영광을 받을 자격이 있겠습니까?

왕 자, 대주교, 그런 말은 하지 마시오. 세례 받는 선물로 숟갈을 선물하라곤 말하지 않으리다. 그리고 노포크의 노 공작부인과 도셋 후작부인에게 당신과 함께 맡아달라고 부탁할 것이오, 어때요? 괜찮겠소? 윈체스터 주교, 다시 한번 명령하노니 저 사람을 포옹해

친히 지내야 하오.

가아디너　진심으로 형제애를 가지고 그렇게 하겠나이다.

크랜머　하늘이여 굽어살피소서, 신은 이 화친을 무엇보다도 귀중히 여기겠습니다.

왕　선량한 사람이여, 당신의 기쁨에 넘친 눈물이 진심을 말해 주는군. 그대에 대한 세평이 거짓이 아니라는 걸 이제야 알겠소. "캔터베리 대주교에게 아무리 심술궂게 굴어도 친구처럼 영원히 다정하게 대해 주신다"는 풍문 말이오. 자, 경들, 경들은 시간을 헛되이 보냈구려. 난 그 어린것이 어서 세례를 받아 한 사람의 그리스도 신자가 되길 바라오. 내가 경들을 화합하게 만들었으니 언제까지나 친하게 지내시오. 그 때문에 나의 힘이 강해지고 경들도 더욱 명예를 차지하게 될 것이오. (모두 퇴장)

제4장 런던. 왕궁의 정원

무대 안에서 소음과 법석. 수위와 그의 수하 등장.

수위 에잇, 주리를 안길 놈, 당장 조용하지 못해. 왕궁을 파리의 유원지로 아느냐? 거지같은 놈들아, 주둥이를 닥쳐.

안에서 소리 수문장나리, 난 숙소간에 있는 사람이에요.

수위 교수대 깜이니 목이나 매라, 이 고얀 놈! 여기가 뭐 고함치는 장바닥인줄 알아? 능금나무 굵은 가지를 한 열두 개쯤 갖고 오란 말이다, 단단한 것으로 말이다. 이런 건 놈들에게 작은 나뭇가지 정도밖에 안돼. 너희들 대갈통을 까줄거다. 세례식을 보고싶다고? 맥주나 과자 부스러기를 얻어먹겠다는거지, 이 건방진 악당들아?

수하 제발 참으세요. 뾰족한 수가 없어요― 문에서 대포라도 쏘아 대기 전에는요― 저 사람들을 쫓아 보내는 것은 오월제 아침에 늦잠이나 자라는 것과 같은 거지, 도저히 안됩니다요. 저 사람들을 밀어버리는 것보다 차라리 세인트 포올의 성당을 밀어 넘기는 것이 더 수월할 거예요.

수위 어떻게 들어왔지? 이 죽일 놈들?

수하 어이구, 제가 어떻게 알아요, 밀물이 밀어닥치는 걸? 넉자나 되는 큰 몽둥이를 휘둘렀지만— 보시다시피 부러지고 남은 것이— 이 지경이지만 사정없이 온통 갈겼다구요.

수위 그래도, 아무런 보람도 없었지.

수하 전 삼손이나 가이나 콜브란드같은 장사가 아니라구요. 사람들을 모조리 풀 베듯 쓰러뜨릴 순 없습니다요. 그러나 인정 사정없이 대갈통만 있다면 마구 갈겼다 이거요. 젊은 놈이고, 늙은 놈이고, 남자건 여자건, 샛서방을 가진 남편이건 샛서방이거나 닥치는 대로요. 그것이 거짓말이라면 쇠고기 먹기를 포기하죠. 하기야 암소갈비 생각하면 그럴 수도 없다구요.

소리 (무대 안에서) 소리 들려요, 수문장나리?

수위 (수하에게) 이봐, 강아지 대장, 내가 곧 돌아올 테니 문을 단단히 지키구 있으라구.

수하 절더러 어떡하라고요?

수위 어떡하긴 어떡해. 한 무더기씩 때려잡는 거지. 여긴 민병훈련장이더냐? 아니면 괴상망측한 인도인이 큰 연장이라도 들고 궁중으로 들어왔단 말이냐? 여자들이 이렇게 쳐들어오다니? 맙소사, 이 잡것들, 문 앞에 색광이 되어 몰려 있다니! 내 기독교적 양심으로 선언한다, 이런 세례식이라면 일천 명의 세례 받을 아이들을 만들어낼거다. 아버지도 대부도 어중이 뚜쟁이 몽땅 있으니까.

수하 그럼 선물용 숟가락치고도 굉장히 큰 것이 필요할 테지. 문 앞에 있던 한 녀석 낯짝을 보니 영락없이 화로통 같더군요. 그렇게 말하는 건 숯불에 탄 것 같은 코빼기는 마치 삼복더위 이십일 분이 한꺼번에 내리 쪼이는 것 같다구요. 그러니까 그 근방에 있는 사람들은 적도(赤道) 밑에 있는 거와 같으니, 별로 다른 고행(苦行)이야 필요 없다니까요. 그 불을 내뿜는 용 같은 놈의 대갈통을 세 번이나 때려 주었는데 세 번 다 그놈의 코에서 나에게 불을 뿜었더군요. 마치 대포가 서 있다가 날 날려보내겠다고 쏴대는 꼴이죠. 그 옆에 재치가 별로 없게 생긴 잡화상 마누라가 있었는데, 그 여잔 내게 욕지거릴 하고 달려들며 죽사발 같은 꽉 끼는 작은 모자를 머리에서 떨어뜨리며 왜 그렇게 불을 뿜게 하느냐고 야단법석을 떨었습니다요. 한번은 그만 그 불 뿜는 놈을 잘못 때려 그 여잘 쳤더니만 "사람 살려요!"하고 외치자, 바로 그때 멀리서 사십 명 가량의 몽둥이 부대가 달려오더라구요. 그 여자가 가게를 내고 있는 스트론드거리의 구원부대죠. 나한테 달려드는데 난 좋은 위치를 잡아 응전할 태세를 취했으나 결국은 그것들이 마구 내게 몰려들었다구요. 그래도 난 그들을 무시하고 버티고 서 있었죠. 그때 바로 별안간 그들 뒤에 있던 개구장이놈들이 돌을 소낙비처럼 던져서 할 수 없이 도망쳤고 놈들이 이긴 셈이 된 거죠. 아마 틀림없이 놈들에게는 악마가 붙어 있었을 거예요.

   수위 고놈들이 바로 극장엘 와서 버럭 소리를 지르고, 먹다 만 사과를 던져, 관객을 괴롭혀온 것들이라구.

타워 힐 처형장의 건달이나 라임하우스의 부두의 깡패가 아니고서는 놈들과 대거리할 수가 없지. 림보 패트럼(감옥의 하나)에 가면 놈들의 한 패가 있는데 이놈들은 사흘 동안이나 맨발에 차꼬를 채워놓았다가 나졸 두 사람한테 방망이 찜질 맛을 봐야 하지.

의전장관 등장.

의전장관 아니 이게 무슨 법석인고! 사람들이 불어나고 있으니, 이거야 사면팔방에서 모여드니 마치 축제의 장터 같다. 문지기들은 어딜 갔느냐? 게으름뱅이 녀석들! 자네들 대단한 구실을 하는군 그래. 멋진 나리들을 모셔왔군. 이것들이 다 너희들 뒷골목 친구들이겠지? 이제 곧 세례식이 끝나서 귀부인들이 이곳을 지나갈 참인데, 틀림없이 길이 훤히 트이게 넓어지겠지!

수위 죄송합니다만 장관님, 우리들도 그저 인간입니다요. 그래도 갈기갈기 찢겨지지 않으며 남들이 할 수 있는 일은 우리도 할대로 했답니다. 군대라고 해도 저 사람들을 다스릴 수가 없답니다.

의전장관 이러다가 내가 이 때문에 폐하의 견책을 받게 된다면 너희들을 당장 감옥에 처넣을 것이니 그리 알라. 그리고 근무태만이니까 너희들 머리 위엔 무거운 벌금이 떨어질 것이다. 이 농땡이 놈들아. 근무시간에 술이나 퍼 마시고 있다니. 저걸 봐라! 트럼펫 소리가 들린다. 벌써 세례식을 마치고 나오시나 보다. 자

어서 군중을 파헤치고 길을 틔워 놓아라, 일행께서 편히 가실 수 있게 말이다. 그렇지 않으면 너희들은 앞으로 두 달간 감옥에서 중노동을 하게 될 거다.

수위   물러나거라, 공주님께서 납신다.

수하   (군중에게) 야, 이 뚱뚱보야, 옴츠리고 있지 않으면 대갈통을 빠개 놀 테다.

수위   이봐 비단옷 입은 친구야, 난간에서 내려와, 안 내려오면 울타리 밖으로 팽개치고 만다. (모두 퇴장)

제5장 런던. 왕궁

트럼펫 부대의 몇 사람이 트럼펫을 불면서 등장한다. 그리고
는 두 사람의 시 참사회원, 런던 시장, 가아터 훈작관, 크랜
머 등장. 노포크 공작은 의전장관의 직장을 들고, 서포크 공
작, 두 사람의 귀족은 세례식의 선물로 굽이 달린 큰 금배를
받쳐들고 등장. 그 뒤에서 네 사람의 귀족이 천개를 받쳐들
고, 그 천개 밑에는 대모인 노포크의 공작부인이 망또, 기타
등으로 화려하게 싼 아기를 안고 나온다. 그 치맛자락은 한
귀부인이 떠받쳐 잡고 따른다. 이어서 제2의 대모인 도셋 후
작 부인과 다른 귀부인들이 따라 등장. 이 행렬이 무대를 한
번 돌자, 가아터 훈작관이 입을 연다.

가아터   하늘이여. 복되고, 영화로우신 천수를 오래
오래 누리시도록 잉글랜드의 기품 높은 공주. 엘리자
베스 공주님께 무한한 은총을 내려 주소서!

화려한 트럼펫의 취주. 왕과 호위병들 등장.

크랜머   (무릎을 꿇고) 폐하와 왕비전하. 고귀한 두
분 대모와 함께 이와 같이 기원을 올리나이다. 하늘이
이 거룩하고 인자한 공주님께 내리신 모든 위안과 기
쁨이 날마다 밤마다 폐하와 왕비전하께 내려 주소서!
왕   고맙소, 대주교여. 그래 이름은 무어라 지었소?
크랜머   '엘리자베스'로 정했습니다.

왕   일어나오, 대주교. (왕은 갓난애에게 키스한다)

이 키스로 나의 축복을 받으라. 하늘이여, 보호해 주소서! 너의 생명을 하느님의 손에 맡기나이다.

크랜머   아멘!

왕   대부와 대모이시어, 어린것을 위해 너무나 많은 수고를 해주어 진심으로 치사하는 바이오. 아마 이 어린 공주도 자라서 말을 할 수 있게 되면 같은 치사를 할 것이오.

크랜머   신이 삼가 아뢰겠습니다. 신의 말은 하늘의 명을 받아하는 것이오니 누구나 아첨이라 생각하지 마시기 바라며 모두가 한결같이 진실임을 아뢰옵니다. 여기 어린 공주님께서는— 하늘이여, 공주님을 지켜주소서!— 지금 요람 속에 계시오나 앞으로 때가 성숙해지면 몇천 몇만의 하늘의 축복을 이 나라에 가져오시게 약속이 되신 분입니다. 이 공주께서는— 현재 살아 계신 분은 그 선덕의 영광을 누리기 어렵겠지만— 같은 시대의 모든 왕족이나 그 다음의 모든 왕의 귀감이 되실 겁니다. 옛날의 시바 여왕도, 앞으로의 이 청순하신 분의 학문을 사랑하시고 미덕을 쌓으시는데 어찌 따를 수 있겠습니까. 이와 같이 위대한 인격을 형성하는 모든 왕후의 은덕과 선량한 인간의 미덕은 공주님의 경우에는 항상 곱절이 될 겁입니다. 진실이 이분의 유모가 될 것이며, 성스러운 사상이 항상 이 분의 자문역이 될 것입니다. 백성들이 공주님을 흠모하고 황공해 할 것입니다. 따라서 백성들은 축복을 올리며, 적들은 타작한 한 마당 벼이삭처럼 벌벌 떨어 수심에 잠긴 고개를 떨어뜨릴 것입니다. 공주님의 성장과 더불어 선정(善政)이 온 나라에 미쳐 모든 백성이 자기가 심은 포도밭에서 즐겁게 식사를 하며 이웃 사람들과 함께 태평가를 노래 부르게 될 겁입니다. 하나님의 교리는 올바르게 알려지고 또한 공주를 섬기는 사람들은 이 분의 미덕을 본 받아 혈통이 아닌 입신출세하는 영예의 길을 가고자 할 것입니다. 태평성대는 공주의 일대에서 끝나는 것이 아니라 그 불가사의한 불사조가 처녀로 죽었다 하더라도 그대에서 그에게 못지 않은 위대한 후계자가 탄생되듯이 공주님께서도 축복 받은 후사를 남기실 것입니다— 하늘이 이 먹구름과 같은 세상에서 공주님을 불러 가실 때— 신성한 그 분의 대에서 그 분 못지 않은 위대한 명군이 혜성처럼 나타나 왕위에 오르실 겁니다. 이 선택된 어린 군주를 모시던 평화, 풍요, 자비, 진실, 외경(畏敬) 등이 그때는 그 새 왕의 것이 될 것이며 포도덩굴처럼 그 새 왕에게 감길 겁니다. 하늘에 찬란한 태양이 빛나는 한, 명예와 그 위대한 명성이 계속되어, 새로운 나라를 이룩하게 될 겁니다. 그 군주께선 더욱 번성하시어, 산 속의 삼나무처럼 그 주위의 모든 평야에 나뭇가지를 펼쳐 덮으시어 자손 대대로 우러러보고 하늘에 감사할 겁니다.

왕 참으로 놀라운 예언이오.

크랜머 공주님께서는 잉글랜드의 행복을 맞이하시

며 천수를 누리시는 여왕이 되실 겁니다. 긴 생애에서 단 하루도 영광될 공적을 남기시지 않는 날이 없으실 겁니다. 그 이상은 더 예고하지 않는 것이 좋을 것 같습니다. 그래도 이승을 하직하지 않으면 안 됩니다. 그분은 틀림없이 성자들이 모셔 갈 겁니다. 처녀이신 채로 가장 깨끗한 백합으로 평생을 마치시고 땅으로 돌아가실 겁니다. 온 세상사람들의 애도를 받으면서 말입니다.

왕 오 대주교여, 그대는 날 이제 비로소 한 사나이로 만들어 주었소! 이 행복한 어린것을 얻기 전에는 무엇 하나 가진 것이 없었어요. 그러나 이 기쁨에 찬 예언은 날 몹시 즐겁게 하오. 내가 언젠가 하늘에 가게 되면 이 아이가 하는 일을 눈여겨 내려보리다. 그리고 그 조물주를 찬미하리다. 여러분, 고맙소! 런던 시장 그리고 동료들에게 많은 신세를 졌소. 여러분이 이렇게 나와 주어 이 자리를 더욱 명예롭게 해주었소. 여러분 모두에게 감사하오. 경들이여, 앞장을 서시오. 모두 왕비를 만나주어야겠소. 왕비도 틀림없이 감사할 것이오. 가주지 않으면 왕비는 크게 애석해 할 것이오. 오늘은 아무도 집안 일을 생각하지 마시오. 모두 이곳에서 축하하며 즐겨 주시오. 이 갓난아이가 오늘 하루를 휴일로 만들 것이니 말이오. (모두 퇴장)

폐막사

이 연극을 관극하러 오신 여러분께서 한사람도 빠짐 없이 만족을 느꼈으리라고는 생각하지 않습니다. 관객들 가운데는 휴식을 취하러 오신 분들도 계실테고, 일 막 이 막 동안을 주무시러 오신 분들도 계셨을 거니까요. 그런 분들은 저희들의 시끄러운 트럼펫소리에 놀라 단잠을 깨셨을테니 틀림없이 이 연극이 보잘것없다고 하실 겁니다. 그런가 하면 요즘 세상의 꼴을 날카롭게 풍자해주기를 기대하고 오신 분들도 계셨겠지요. "기지가 가득 찬 연극이구나!" 하고 칭찬하기 위해서 말입니다. 하지만 그분들도 칭찬보다도 입맛을 다셨을지도 모릅니다. 그러나 이번 연극에서 거둔 희망이 하나 있다면 그것은 오로지 착하신 여성 여러분들의 동정어린 평이라고 하겠습니다. 저희가 올린 연극은 그런 것입니다. 만약 여성 여러분들께서 미소를 띠시고 괜찮다고 말씀해 주신다면 모든 남성들께서도 잠시 후엔 이내 칭찬해 주시게 될 것이기 때문입니다. 부인들께서 따스하게 손뼉 좀 치라고 말씀하시는데, 바깥양반들께서 잠자코만 계신다면 글쎄요, 좀 멋쩍은 일이 아닐까요.

막

작품해설

이 극은 과연 셰익스피어의 작품이냐 아니냐가 의문이다. 셰익스피어의 것이 아니면 누가 썼는가? 다른 작가와의 합작이면 누구와 함께 썼는가. 쓴 사람은 두 사람인가 아니면 세 사람의 합작인가.

무려 23년간의 역사적 사실을 5막 17장으로 압축하여 극화한 『헨리 8세』는 셰익스피어의 만년의 작품인데 집필자문제에 대해서는 설이 구구하다.

그 중에서도 폭넓게 지지를 바고 있는 설은 프란시스 베이콘(Francis Bacon)의 연구가인 제임스 스페딩(James Spedding)이 주장하는 합작설이다. 그는 「젠틀맨 매거진」지에 "누가 셰익스피어의 『헨리 8세』를 썼는가?"("Who wrote Shakespeare's Henry Ⅷ?")라는 글에서 시의 형태와 운률 등의 분석에 의한 증명을 하며 셰익스피어와 존 플레쳐(John Fletcher)의 합작이라는 설을 발표하였다. 그러나 그 운률의 검증에 의해 작가를 결정한다는 것은 설득력이 있는 듯 하지만 그것으로 작가를 결정함은 위험스럽기 그지없다. 스페딩은 『헨리 8세』 중 많은 유명한 대사를 플레쳐가 썼다고 했다. 그 많은 아름다운 대사를 셰익스피어 작이라고 믿는 사람들에겐 크나큰 충격이 아닐 수 없었다. 그런가 하면 맥스웰(J. C. Maxwell)이나 틸랴드(E. M. W. Tillyard)는 셰익스피어 그리고 후배작가들 플레쳐와 필립 매신져(Philiph Massinger)가 합작했다는 것이다. 또 한 설로는 셰익스피어와 무관한 것으로 플레쳐와 매신져의 합작이라는 설도 있다. 합작설을 주장하는 근거는 시형의 특이성 외에도 연극이 에피소드 식으로 전개되어 전체의 통일이 없다는 점, 또 유명한 대사가 너무도 수려(秀麗)하여 셰익스피어다운 독특한 동력이 없다는 점, 인물의 묘사에도 일관성이 없음을 지적하고 있다. 일찍이 그러한 점을 고려하여서인지 커모드(F. Kermode)는 『헨리 8세』를 "에피소드의 극"이라 평한 바 있다.

이들 설이 확실한 증거로서는 미약하여 이설도 분분한 『헨리 8세』의 작가문제에 대해 결정적인 결론을 내리기 어려우나 오늘날에 있어서는 셰익스피어가 단독으로 집필하였다는 설이 지배적이고 가장 유력시되고 있다. 이들은 알렉산더(Peter Alexander), 포크스(R. A. Foaxes), 나이트(J. W. Knight), 라우즈(A. L. Rowse), 스프라구(A C. Sprague)등이 그렇다.

이 극은 셰익스피어가 그때까지 쓴 영국사극과는 다르다. 화해와 관용의 분위기나 가면극풍의 효과와 신비적 통찰 등으로 보아 셰익스피어의 후기극과 유사하다. 이 극은 셰익스피어가 영국의 역사를 향해 최후로 눈을 돌린 작품이지만 새로운 정신의 분위기에 입각하여 영국사의 시각을 꽂은 것이기도 하다. 알렉산더는 『영문학회 논집』(Essays of the English Association)에 발표한 논문에서 "동정심이 깊은 정신"을 읽을 수 있다" 하였고, 나이트는 "흔히 플레쳐의 작품이라고 말하는 것에도 셰익스피어 만년의 시적 도덕적 특징을 보여준다"고 했고, 포크스는 "재원을 사용한 것의 분석, 작가의 태도나 상상력의 검토 등에서 셰익스피어 만년의 다른 작품과 질적으로 공통된 점이 있다"는 것이다. 포크스는 이 작품이 나름대로 극으로서의 통일성이 있으며 셰익스피어의 만년의 다른 작품들과 비교하여 이질적이라고는 할 수 없다는 것이다. 스프라구는 "변화가 풍부하고도 이처럼 통일성을 가진 작품은 합작품에서는 나올 수 없다"고 견해를 피력했다.

『헨리 8세』의 창작년대에 대해서도 이론이 구구하다. 여러 가지 역사적 사건으로 보아서 이 작품은 1612~13년에 셰익스피어가 그의 고향인 스트라트포드 온 에이븐에서 은둔생활 중에 쓴 것으로 추정된다. 이 정설을 실증적으로 뒷받침해 주는 이유의 하나는 화재가 일어난 다음날에 쓴 1613년 6월 30일자 토마스 로킨(Thomas Lorkin)의 서한이다. 그는 "바로 어제 일어난 일이다. 버베이지(R. Burbage)와 그의 극단이 지구극장에서 『헨리 8세』 공연 도중에 무대효과로써 발사한 축포가 예상치 못한 불씨가 되어 화재가 발생하여 극장은 두 시간내에 완전히 불타버렸고 관객들은 구사일생으로 이 극장에서 빠져나갔다"고 밝혔다. 또 당시 외교관이었던 헨리 워턴 경(Sir Henry Wotton)이 그의 조카에게 보낸 1613년 7월 2일부 서한에서는 흥분된 어투로 "그 훌륭한 건물의 최후"를 다음과 같이 피력하고 있다.

국왕극단이 『헨리 8세』 치하에 생긴 주요한 역사적 사건을 다룬 「모든 것은 사실」(All is True)(「헨리 8세」의 부제)이란 새로운 작품을 입수하여, 무대 마루에 까는 깔개까지 호화롭고 현란한 공연을 했다. 그런데 극중 월지 추기경 저택에서 가면무도회가 벌어지는 소용돌이 속에 헨리왕이 등장하자 축포를 쏜다. 축포 속은 종이와 잡동사니로 가득 채워져 있었는데, 그중 한 뭉치가 볏짚으로 이은 지붕에 떨어져 처음에는 연기가 풀석풀석 피어올라 대단치 않게 생각한 관객들이 무대에 시선을 꽂고 있던 사이에 불길은 삽시간에 번져 한 시간도 채 못되어 건물전체가 잿더미로 화해 버렸다.

또 믿을만한 이유의 하나로는 제5막 마지막 장면에서 캔터베리 대주교 크랜머가 "공주께서는 잉글랜드의 행복을 맞이하시며 천수를 누리시는 여왕이 되실 겁니다"라고 엘리자베스 여왕을 예언적인 격찬으로 국왕에게 아뢰는 장면으로 미루어 보아, 여왕붕괴의 1603년까지에 창작된 것으로 추정하는 학자도 있긴 하다. 그러나 특히 극 형식이 1612~3년경에 잉글랜드에서 유행됐던 페이전트식이 이 작품의 골격을 이루고 있는 것을 보아도 이 작품의 창작 년대가 1612~3년이라는 주장이 흔히 수용되고 있는 설로 볼 수 있을 것 같다.

셰익스피어의 역사극의 태반이 그러하듯이 『헨리 8세』도 다른 사극과 마찬가지로 소재를 주로 홀린셰드(Raphael Hollingshed)의 『연대기』(Chronicles)와 홀(Edward Hall)의 『랑카스터와 요오크 양가의 합동』 *(The Union of the Two Noble and Illustre Families of Lancaster and York)*, 존 폭스(John Foxe)의 『순교자 열전』 *(Acts and Monuments of the Church)*에서 빌려 왔다. 그러나 셰익스피어는 역사상의 사적을 극화하지는 않았다. 극적 효과를 위해서 때로는 연대순을 바꾸기도 하고 사실에 없는 것을 만들어 덧붙이기도 했다. 예를 들면 왕과 요염한 앤 불린과의 결혼(1533)이 월지 추기경의 실격보다도 그 전에 이루어졌고 캐더린 왕비의 죽음(1536)이 엘리자베스 탄생(1533)보다 앞선 것으로 다루어졌다. 이처럼 사실적인 연대의 뒤바꿈은 셰익스피어의 역사에 대한 무지에서가 아니고 약 25년간에 걸쳐 전개된 사람들의 영고성쇠(榮枯盛衰)의 드라마를 한 작품 속에 효과적으로 압축시키고자 한 의도적인 노력의 결과라고 생각된다.

연대순뿐만이 아니다. 인물묘사에 있어서도 셰익스피어는 관객들의 마음을 감동적으로 사로잡기 위해서 살을 붙이기가 일쑤였다. 예를 들면 캐더린 왕비의 여인상이 그렇고 앤 불린 역시 그 예에서 벗어나지 않는다.

4막 2장에서 관객이 캐더린 왕비에 대해 깊은 동정

심을 자아내게 하는 것은 그녀의 운명이 애절하기는 하지만 겸손하고 성실하며 어딘지 모르게 맑은 기품이 있는 위엄이 맺혀있어 역사책에서나 찾아볼 수 있는 여인상으로 형상화했기 때문이다. 앤 불린의 여인상 역시 젊고 사람을 뇌살시킬만큼 매혹적이면서도 겸손의 미덕을 지닌 여성으로 묘사하고 있다.

보기에 따라서 다각적으로 논할 수 있는 터전을 지닌 『헨리 8세』는 그 작품의 서사에서 밝혔듯이 엄숙한 문제와 고귀한 인물들의 운명의 슬픈 유전(流轉)은 우리로 하여금 아픈 슬픔이 덩어리지고 심금에 부딪혀 오는 것이 있다.

어쨌든 이 작품을 읽든 관극하든 간에 강하게 인상에 남는 것은 고귀한 인물들이 당하게 되는 무상함이다. 1막에서 버킹감 공작이 사형선고를 받게 되며, 2막에서는 캐더린 왕비가 이혼문제를 심의하는 법정에 출두하고 국왕은 판결을 노심초사(勞心焦思)하며 기다린다. 그런가하면 3막에서는 월지 추기경은 국왕의 이혼소송에 대하여 반대의사를 지닌 인물로 취급받고 권좌에서 실격되며 4막에서는 앤 불린이 왕비로 등극하게 되고 폐비가 된 캐더린은 죽고 만다. 5막에서는 캔터베리 대주교는 국왕의 은총을 입어 영화를 누린다. 다시 말해서 이 극의 테두리 안에서는 비운을 당하지 않지만 엘리자베스가 세례를 받은 시대로부터 여왕으로 보위에 오른 시대사이에 몰락되어 끝내는 단두대에서 이슬로 사라지고 크랜머는 화형을 당하고 만다.

이처럼 이 작품에는 이렇다 할 정치적인 교훈을 찾아볼 수 없고 충신도 간신도 한결같이 비운을 맞이한다. 그리고 여기서 한가지 간과할 수 없는 것은 작가의 문제에 대해서 여러 가지 구구한 설이 있듯이 작품의 평가에 있어서도 이설이 적지 않다.

즉 장면과 장면을 평행적으로 나열해놓아 극 전체의 통일성도 중심도 클라이막스도 없는 희곡구조라고 지적한 부정적인 평가가 있는가 하면, 극중인물 하나 하나를 다양한 관점에서 묘파하고 있지만 전체적으로 극의 통일성을 잃지 않고 있다는 긍정적인 평가도 있다. 어쨌든 이구동성으로 긍정적인 평가를 받고 있는 점은 몰락한 월지 추기경과 캐더린 왕비의 인간상이며 특히 사무엘 존슨(Samuel Johnson)은 화려한 무대가 관객의 시선을 뜨겁게 끈 것은 말할 것도 없거니와 캐더린 왕비의 가슴을 저미는 비탄은 "가장 위대한 비극적 시도"로 받아드려도 좋다고 찬사를 아끼지 않았으며, 알렉산더(Peter Alexander)는 이 작품에서 셰익스피어의 만년의 "연민이 충만한 정신"을 읽을 수 있다고 견해를 피력했다. 또 윌슨 나이트는 『헨리 8세』는 만년의 셰익스피어의 특징이 깊숙이 젖어든 작품이라고 평가했으며 버킹검 공작, 월지 추기경, 캐더린 왕비의 몰락상을 그린 수법에서 그의 비범한 문학적 재능을 엿볼 수 있다는 지적은 주목할만하다

『헨리 8세』는 역사극인데도 불구하고 이상하게도 전쟁이 묘사되어 있지 않다. 태평성대의 여러 가지

화려한 일들이 몇 곳에 삽입되면서 전개된다. 월지 추기경의 저택에서 행연된 가면무도회와 대관행렬, 공주를 위한 세례의 축하연 등이 그것을 여실히 실증해 주고 있다. 『헨리 8세』는 셰익스피어의 역사극 중에서도 인기 없는 작품이 아니다. 이 극은 초연당시부터 인기가 좋았다. 관객에게 환영받았고, 흥행주, 극평가들에게도 상응되는 칭찬을 받아 명배우들도 그 주역에 분하는 것을 명예로 여기고 즐거워했었다. 지구극장 (The Globe Theatre)의 전소까지 엄청난 재화(災禍)를 몰고 온 1613년 6월 29의 『헨리 8세』의 공연이 얼마나 화려하고 현란했는가 하는 사실은 토마스 로킨과 헨리 워튼 경의 서한 등을 통해서 상상할 수가 있다. 또 국왕 대관식을 축하하기 위해 상연되기도 했다.

그후 왕정복고시대에 극장이 폐쇄되기 이전에 단 한 번 공연이 있었다. 1628년 7월에 찰스 1세가 총애하는 버킹검 공작 조지 빌리에스(George Villiers)가 암살되기 거의 1개월 전에 글로브 극장에서 상연한 일은 있었지만 그 이상 자세한 것은 알려져 있지 않다.

왕정복고 후 사무엘 페피스 (Samuel Pepys)는 두 번이나 『헨리 8세』를 관극하였다고 한다. 1664년 1월 1일에 본 것은 "쇼나 행렬에 지나지 않는 공연"이었지만 1668년 12월에 다시 보았을 때 그는 "크게 즐겼다"고 기록하고 있다. 이 시대에는 윌리엄 다베넌트 경 (Sir William Davenant)의 지시를 받은 베터턴(Mr.

Betterton)이 헨리 8세를 연기했었다. 다베넌트는 셰익스피어에게서 직접 가르침을 받은 배우 존 로웬(Old Mr. Lowen)에게서 들은 것을 전해 주었다고 한다.

시각적으로 화려한 무대를 선호했던 18세기에는 『헨리 8세』가 자주 상연됐다. 1701년에서 1800년까지 100년간 「헨리 8세」가 262회나 공연되었으니 이는 아무래도 극중 앤 불린의 대관식 축하행렬의 화려함에 기인했을 것으로 여겨진다. 특히 1727년에는 조지 2세의 대관을 축하하여 두루리 레인 (Drury Lane)에서 공연되었다. 이에 대해 배우이며 극작가이고 제작자인 콜리 사이버(Colley Cibber)는 "화려한 구경거리로 인해 40일간의 흥행이 성공하여 장기흥행을 한 바 있다"고 밝히고 있다. 1762년 드루리 레인에서 개릭(D. Garrick)의 로열 극단은 극중 대관행렬에 137명이나 사람들을 참여시켰는데, 악사들, 북치는 사람들, 성가대원들, 시종들 등이 포함되었었다. 1막의 가장무도회 장면에서 의상, 장식은 화려했었고 참여자들이 대단히 많았다고 본다. 꽃수레의 장면을 화려하게 행연하는 경향은 1788년의 필립 켐블의 상연에까지 이어졌는데 이때 사라 시돈스(Sarah Siddons)가 캐더린 왕비로 분했었다. 등장인물 중에서 월지 추기경과 캐더린 왕비에 초점을 맞추어 상연하는 전통이 확립되는 것은 18세기말이었으며 이는 20세기까지 이어진다. 이를 시도한 사람은 놀랍게도 켐블이었다. 아마 대관행렬에 막대한 비용이 들어서였을 것이다. 주역은 월지 추기경과 캐더린 왕비역이었으며 켐블과 사라가 맡았었다. 이는 20세기초까지 이어졌다. 켐블, 맥레디(W. C. Macready), 사무엘 펠프스(Samuel Phelps), 헨리 어빙(Henry Irveng)등 역대의 명배우들이 월지 추기경 역으로 명성을 떨쳤고, 사라 시돈스와 엘렌 테리(Ellen Terry)등 명배우들이 캐더린 왕비로 분했었다. 19세기 공연에서 특기할만한 것은 1811년 코벤트 가든에서의 공연이었는데 「더 타임스」에서는 "만찬회 장면은 사치스럽긴하지만 우아했었으며 현혹적인 무대였다"는 찬사까지 보냈었다. 필립 켐블이 은퇴한 후에는 그의 남동생 찰스 켐블이 형의 뒤를 이었다. 1833년에는 찰스의 딸 파니 켐블(Fanny Kemble)이 약관 20세로 왕비역을 성공적으로 연기했다. 19세기 후반에 가서는 화려하면서 역사에 충실하려는 시도가 따랐으니 1855년 3월 찰스 킨은 프린세스 극장의 무대에서 300년 전의 런던 풍경을 파노라마 풍의 배경을 사용한다든가 진짜 배를 무대 위에서 작동시켜 「더 타임스」지는 "지금까지 런던 극장에서 본 것 중에서 가장 멋진 장관"의 공연이었다고 평했었다.

1892년 1월 헨리 어빙 연출의 상연은 찰스 킨(Charles Kean)의 무대를 웃돌 정도로 호화로웠고 대관식이나 세례식이 행해진 그리니치의 그레이프라이어스 교회가 진짜 그대로 재현되었다. 월지 추기경에 어빙, 왕비에 엘렌 테리가 분했었다. 대사의 길이를 대폭 줄였으며 관객들의 눈과 귀를 무척이나 즐겁게 해주었다. 203회나 장기공연을 했지만 막대한 비용을 썼기에 재정적 손실이 컸다. 1910~12년 비어봄 트리(Beerbohm Tree)가 만든 공연에서 헨리 8세는 독일의 화가 호르바인(Haus Holbein)이 그린 초상화와 똑같게 분장하여 등장했다. 또 호사스런 행렬과 무대장치의 변화를 위해 원작과 판이하게 3막으로 압축시켜 대사의 47퍼센트를 커트했고 앤 왕비의 대관식을 화려하게 마련했었다. 그래도 공연의 소요시간은 4시간이나 걸렸었다. 트리의 연기를 본 극평가 데스먼드 매카시(Deamond MacCathy)는 트리를 "본질적으로 낭만파 배우요, 영국무대에 낭만주의를 꽃피운 최후의 화려한 후손"이라고 찬사를 보냈다.

타이론 거슬리(Tyron Guthrie)가 이 극을 세 번(1933, 1949, 1953)이나 연출했었는데 1949년의 공연이 가장 평판이 좋았었다. 속도감이 빠른 연출기량이 돋보이는 힘있는 공연이었다. 거슬리는 1953년 엘리자베스 2세의 대관을 축하하는 공연에서 앤소니 퀘일(Anthony Quayle) 분의 헨리 8세를 호르바인이 그린 젊은 왕의 초상화와 닮게 분장을 시켰었다. 1958년 올드빅에서 마이켈 벤톨(Michael Benthall)의 연출은 화려한 벽걸이와 조각으로 장식한 장치를 하였고 의상도 아름다운 공연이었다. 왕비 역에 이디스 에반스(Edith Evans), 월지 역에 길거드(John Gielgud)가 열연하여 찬사를 받았다. 1969년의 트레버 넌(Trevor Nunn)의 연출은 헨리 8세에 초점을 맞춘 점에서 주목된다. 확신이 없어 동요하는 왕의 불안한 모습은 비극성까지 야기시킨다. 장치다운 장치도 하지 않았다.

1978년 텔리비젼 드라마로 만든 케빈 빌링턴(Kevin Billington)연출의 BBC 영화는 성공을 가져다 준 우아하고 궁중풍을 잘 나타낸 영상매체 중의 하나라고 볼 수 있다.

『헨리 8세』는 연출가나 배우들에게 무대상연의 의욕을 솟구치게 하는 작품이다. 극작의 다양성과 변동폭에 겹쳐 장관스런 꽃수레의 화려함이나 명대사가 점철되는 등 필시 야망의 무대를 창조할 수 있는 공연이 됨직하다.

10년 동안에 걸쳐 번역해낸 현대영미희곡의 걸작들! (전10권)

現代英美戲曲

신정옥 옮김

舞台의 전설

명배우 명연기

申定玉

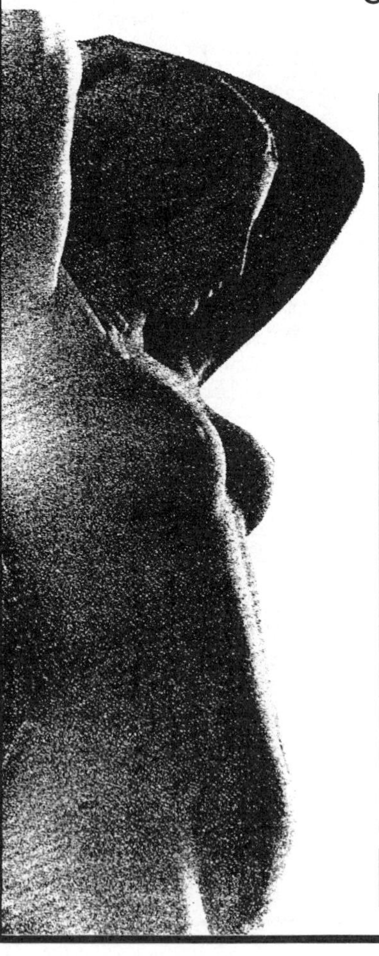

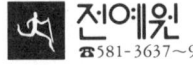

전예원
☎581-3637~9

판권

셰익스피어 전집 19
헨리 8세

옮긴이 · 신정옥
펴낸이 · 양계봉
만든이 · 김진홍
펴낸곳 · 도서출판 전예원

주소 · 경기도 용인시 처인구 모현읍 초부로 54번길 75
전화번호 · 031) 333-3471   팩스번호 · 031) 333-5471
e-mail · jeonyaewon2@nate.com
출판등록일 · 1977년 5월 7일   출판등록번호 · 16-37호

초판발행 · 1999년 11월 07일
03쇄발행 · 2022년 09월 20일

ISBN · 978-89-7924-030-6   04840
ISBN · 978-89-7924-011-5   04840 (세트)

값 · 10,000원
※ 잘못된 책은 바꿔드립니다.